名家散文典藏

彩插版

肖复兴散文精选

肖复兴 著

图书在版编目（CIP）数据

肖复兴散文精选 / 肖复兴著. -- 武汉：长江文艺出版社，2021.6(2022.8 重印)
（名家散文典藏：彩插版）
ISBN 978-7-5702-2021-2

Ⅰ. ①肖… Ⅱ. ①肖… Ⅲ. ①散文集－中国－当代 Ⅳ. ①I267

中国版本图书馆 CIP 数据核字(2021)第 043802 号

责任编辑：李　艳	责任校对：毛季慧
封面设计：龙　梅	责任印制：邱　莉　胡丽平

出版：长江出版传媒　长江文艺出版社
地址：武汉市雄楚大街268号　　邮编：430070
发行：长江文艺出版社
http://www.cjlap.com
印刷：武汉中远印务有限公司

开本：640 毫米×970 毫米	1/16	印张：15.25	插页：7 页
版次：2021 年 6 月第 1 版		2022 年 8 月第 2 次印刷	
字数：171 千字			

定价：32.00 元

版权所有，盗版必究（举报电话：027—87679308　87679310）
（图书出现印装问题，本社负责调换）

目录

名家散文典藏　肖复兴　散文精选

◆ 第一章　生命不仅属于自己 ◆

荔枝 / 003

窗前的母亲 / 006

苦瓜 / 009

生命不仅属于自己 / 011

花边饺 / 013

母亲 / 015

清明忆父 / 018

心头永远拔不出的刺 / 020

独草莓 / 022

超重 / 025

喝得很慢的土豆汤 / 028

水袖之痛 / 033

机场的拥抱 / 036

001

◆ 第二章　那片绿绿的爬山虎 ◆

那片绿绿的爬山虎 / 041

面包房 / 044

青木瓜之味 / 049

海棠依旧 / 052

美丽的手语 / 055

蓖麻籽的灵感 / 058

鲫鱼汤 / 061

杏花如雪 / 064

那一排钻天杨 / 068

表叔和阿婆 / 075

无花果 / 078

少年护城河 / 081

油条佬的棉袄 / 085

◆ 第三章　阳光的三种用法 ◆

城市的雪 ／ 091

萤火虫 ／ 094

阳光的三种用法 ／ 096

北京的树 ／ 099

白桦林 ／ 102

河边的椅子 ／ 104

草有时比花漂亮 ／ 106

史可法的扬州 ／ 111

诗与成都 ／ 115

水墨仙境楠溪江 ／ 118

水之经典 ／ 121

赛什腾的月亮 ／ 123

地平线，遥远的地平线 ／ 126

胡杨树 ／ 129

天坛墙根儿小记 ／ 132

肖复兴散文精选

◆ 第四章 乡愁的滋味 ◆

小满 / 139

芒种之忙 / 142

消失的年声 / 145

年灯 / 147

大年夜 / 150

老北京的门联 / 153

风中的字 / 160

鱼鳞瓦 / 162

乡愁的滋味 / 166

南横街 / 169

老点心铺 / 172

◆ 第五章　笔下犹能有花开 ◆

生命的平衡 ／ 179

宽容是一种爱 ／ 183

学会感恩 ／ 185

孤单的雪人 ／ 189

美丽的脆弱 ／ 192

尊重 ／ 195

两角钱 ／ 198

前方遭遇塌方 ／ 201

笔下犹能有花开 ／ 204

年轻时应该去远方 ／ 207

永远的校园 ／ 210

书房梦 ／ 215

向往奥运 ／ 218

小溪巴赫 ／ 221

肖 复 兴 散 文 精 选

晚年的雷诺阿 / 224

寻找贝多芬 / 228

孤独的普希金 / 231

第一章 生命不仅属于自己

荔枝

我第一次吃荔枝，是 28 岁的时候。那时，我刚从北大荒回到北京，家中只有孤零零的老母。我站在荔枝摊前，脚挪不动步。那时，北京很少见到这种南国水果，时令一过，不消几日，再想买就买不到了。想想活到 28 岁，居然没有尝过荔枝的滋味，再想想母亲快 70 岁的人了，也从来没有吃过荔枝呢！虽然一斤要好几元，挺贵的，咬咬牙，还是掏出钱买上一斤。那时，我刚在郊区谋上中学老师的职，衣袋里正有当月 42 元半的工资，硬邦邦的，鼓起几分胆气。我想让母亲尝尝鲜，她一定会高兴的。

回到家，还没容我从书包里掏出荔枝，母亲先端出一盘沙果。这是一种比海棠大不了多少的小果子，居然每个都长着疤，有的还烂了皮，只是让母亲一一剜去了疤，洗得干干净净。每个沙果都显得晶光透亮，沾着晶莹的水珠，果皮上红的纹络显得格外清晰。不知老人家洗了几遍才洗成这般模样。我知道这一定是母亲买的处理水果，每斤顶多 5 分或者 1 角。居家过日子，老人就这样一辈子过来了。不知怎么搞的，我一时竟不敢掏出荔枝，生怕母亲骂我大手大脚，毕竟这是那一年里我买的最昂贵的东西了。

肖　复　兴

散 文 精 选

　　我拿了一个沙果塞进嘴里,连声说真好吃,又明知故问多少钱一斤,然后不住口说真便宜——其实,母亲知道那是我在安慰她而已,但这样的把戏每次依然让她高兴。趁着她高兴的劲儿,我掏出荔枝:"妈!今儿我给您也买了好东西。"母亲一见荔枝,脸立刻沉了下来:"你财主了怎么着?这么贵的东西,你……"我打断母亲的话:"这么贵的东西,不兴咱们尝尝鲜!"母亲扑哧一声笑了,青筋突兀的手不停地抚摸着荔枝,然后用小拇指甲盖划破荔枝皮,小心翼翼地剥开皮又不让皮掉下,手心托着荔枝,像是托着一只刚刚啄破蛋壳的小鸡,那样爱怜地望着舍不得吞下,嘴里不住地对我说:"你说它是怎么长的?怎么红皮里就长着这么白的肉?"毕竟是第一次吃,毕竟是好吃!母亲竟像孩子一样高兴。

　　那一晚,正巧有位老师带着几个学生突然到我家做客,望着桌上这两盘水果有些奇怪。也是,一盘沙果伤痕累累,一盘荔枝玲珑剔透,对比过于鲜明。说实话,自尊心与虚荣心齐头并进,我觉得自己仿佛是那盘丑小鸭般的沙果,真恨不得变戏法一样把它一下子变走。母亲端上茶来,笑吟吟顺手把沙果端走,那般不经意,然后回过头对客人说:"快尝尝荔枝吧!"说得那般自然、妥帖。

　　母亲很喜欢吃荔枝,但是她舍不得吃,每次都把大个的荔枝给我吃。以后每年的夏天,不管荔枝多贵,我总要买上一两斤,让母亲尝尝鲜。荔枝成了我家一年一度的保留节目,一直延续到三年前母亲去世。

　　母亲去世前是夏天,正赶上荔枝刚上市。我买了好多新鲜的荔枝,皮薄核小,鲜红的皮一剥掉,白中泛青的肉蒙着一层细细的水珠,仿佛跑了多远的路,累得张着一张张汗津津的小脸。是啊,它们整整跑了一年的长路,才又和我们阔别重逢。我感到慰藉的是,母亲临终前一天还吃到了水灵灵的荔枝,我一直认为是天命,是母亲善良忠厚一

生的报偿。如果荔枝晚几天上市,我迟几天才买,那该是何等的遗憾,会让我产生多少无法弥补的痛楚。

其实,我错了。自从家里添了小孙子,母亲便把原来给儿子的爱分给孙子一部分。我忽略了身旁小馋猫的存在,他再不用熬到 28 岁才能尝到荔枝,他还不懂得什么叫珍贵,什么叫舍不得,只知道想吃便张开嘴巴。母亲去世很久,我才知道母亲临终前一直舍不得吃一颗荔枝,都给了她心爱的太馋嘴的小孙子吃了。

而今,荔枝依旧年年红。

窗前的母亲

在家里,母亲最爱待的地方就是窗前。

自从搬进楼房,母亲很少下楼,我们都嘱咐她,她自己也格外注意,知道楼层高楼梯又陡,自己老了,腿脚不利落,怕磕着碰着,给孩子添麻烦。每天,我们在家的时候,她和我们一起忙乎着做家务,脚不拾闲儿,我们一上班,孩子一上学,家里只剩下她一个人,没什么事情可干,大部分的时间里,她总是待在窗前。

那时,母亲的房间,一张床紧靠着窗子,那扇朝南的窗子很大,几乎占了一面墙,母亲坐在床上,靠着被子,窗前的一切就一览无遗。阳光总是那样的灿烂,透过窗子,照得母亲全身暖洋洋的,母亲就像一株向日葵似的特别爱追着太阳烤着,让身子有一种暖烘烘的感觉。有时候,不知不觉地就倚在被子上睡着了。一个盹打过来,睁开眼睛,她会接着望着窗外。

窗外有一条还没有完全修好的马路,马路的对面是一片工地,恐龙似的脚手架,簇拥着正在盖起的楼房,切割着那时湛蓝的蓝天,遮挡住了再远的视线。由于马路没有完全修好,来往的车辆不多,人也很少,窗前大部分时间是安静的,只有太阳在悄悄地移动着,从窗子

的这边移到了另一边,然后移到了窗后面,留给母亲一片阴凉。

　　我们回家,只要走到了楼前,抬头望一下家里的那扇窗子,就能够看见母亲的身影。窗子开着的时候,母亲花白的头发会迎风摆动,窗框就像一个恰到好处的画框。等我们爬上楼梯,不等掏出门钥匙,门已经开了,母亲站在门口。不用说,就在我们在楼下看见母亲的时候,母亲也望见了我们。那时候,我们出门永远不怕忘记带房门的钥匙,有母亲在窗前守候着,门后面总会有一张温暖的脸庞。即使是晚上很晚我们回家,楼下已经是一片黑乎乎的了,在窗前的母亲也能看见我们。其实,她早老眼昏花,不过是凭感觉而已,不过,那感觉从来都十拿九稳,她总是那样及时地出现在家门的后面,替我们早早地打开了门。

　　母亲最大的乐趣,是对我们讲她这一天在窗前看见的新闻。她会告诉我们今天马路上开过来的汽车比往常多了几辆,今天对面的路边卸下好多的沙子,今天咱们这边的马路边栽了小树苗,今天她的小孙子放学和同学一前一后追赶着,跟风似的呼呼地跑,今天还有几只麻雀落在咱家的窗台上……都是些平淡无奇的小事,但她有枣一棍子,没枣一棒子地讲起来会津津有味。

　　母亲不爱看电视,总说她看不懂那玩意儿,但她看得懂窗前这一切,这一切都像是放电影似的,演着重复的和不重复的琐琐碎碎的故事,沟通着她和外界的联系,也沟通着她和我们的联系。有时候,望着窗前的一切,她会生出一些东一榔头西一棒子的联想,大多是些陈年往事,不是过去住平房时的陈芝麻烂谷子,就是沉淀在农村老家她年轻的回忆。听母亲讲述这些八竿子都打不到一起的事情的时候,我感到岁月的流逝,人生的沧桑,就是这样在她的眼睛里和窗前闪现着。有时候,我偶尔会想,要是把母亲这些都写下来,才是真正的意识流。

　　母亲在这个新楼里一共住了5年。母亲去世以后,好长一段时间,

007

肖复兴
散文精选

我出门总是忘记带钥匙。而每一次回家走到楼下的时候，总是习惯地望望楼上家的窗前，空荡荡的窗前，像是没有了画幅的一个镜框，像是没有了牙齿的一张瘪嘴。这时，才明白那5年时光里窗前曾经闪现的母亲的身影，对我们是多么的珍贵而温馨；才明白窗前有母亲的回忆，也有我们的回忆；也才明白窗前该落有并留下了多少母亲企盼的目光。

当然，就更明白了：只要母亲在，家里的窗前就会有母亲的身影。那是每个家庭里无声却动人的一幅画。

苦瓜

原来我家有个小院,院里可以种些花草和蔬菜。这些活儿,都是母亲特别喜欢做的。把那些花草蔬菜侍弄得姹紫嫣红,像是给自己的儿女收拾得眉清目秀,招人眼目,母亲的心里很舒坦。

那时,母亲每年都特别喜欢种苦瓜。其实这么说并不准确,是我特别喜欢苦瓜。刚开始,是我从别人家里要回苦瓜籽,给母亲种,并对她说:"这玩意儿特别好玩,皮是绿的,里面的瓤和籽是红的!"我之所以喜欢苦瓜,最初的原因是它里面的瓤和籽格外吸引我。苦瓜结在架上,母亲一直不摘,就让它们那么老着,一直挂到秋风起时,越老,它们里面的瓤和籽越红,红得像玛瑙、像热血、像燃烧了一天的落日。当我兴奋地将这像船一样盛满了鲜红欲滴的瓤和籽的苦瓜掰开时,母亲总要眯缝起昏花的老眼看着,露出和我一样喜出望外的神情,仿佛那是她的杰作,是她才能给予我的欧·亨利式的意外结尾,让我看到苦瓜最终具有了这朝阳般的血红和辉煌。

以后,我发现苦瓜做菜其实很好吃。无论做汤,还是炒肉,都有一种清苦味。那苦味,格外别致,既不会传染给肉或别的菜,又有一种苦中蕴含的清香,和苦味淡去的清新。

肖　复　兴
散　文　精　选

　　像喜欢院子里母亲种的苦瓜一样，我喜欢上了苦瓜这一道菜。每年夏天，母亲经常都会从小院里摘下沾着露水珠的鲜嫩的苦瓜，给我炒一盘苦瓜青椒肉丝。它成了我家夏日饭桌上一道经久不衰的家常菜。

　　自从这之后，再也见不到鲜红欲滴的苦瓜瓤和籽了，因为再等不到那个时候了。

　　这样的菜，我一直吃到离开了小院，搬进了楼房。住进楼房，我依然爱吃这样的菜，只是再也吃不到母亲亲手种、亲手摘的苦瓜了，只能吃母亲亲手炒的苦瓜了。

　　一直吃到母亲六年前去世。

　　如今，依然爱吃这样的菜，只是母亲再也不能为我亲手到厨房去将青嫩的苦瓜切成丝，再掂起炒锅亲手将它炒熟，端上自家的餐桌了。

　　因为常吃苦瓜，便常想起母亲。其实，母亲并不爱吃苦瓜。除了头几次，在我一再的怂恿下，她勉强动了几筷子，皱起眉头，便不再问津。母亲实在忍受不了那股异样的苦味。她说过，苦瓜还是留着看红瓤红籽好。可是，每年夏天当苦瓜爬满架时，她依然为我清炒一盘我特别喜欢吃的苦瓜肉丝。

　　最近，看了一则介绍苦瓜的短文，上面有这样一段文字："苦瓜味苦，但它从不把苦味传给其他食物。用苦瓜炒肉、焖肉、炖肉，肉丝毫不沾其苦味，故而人们美其名曰'君子菜'。"

　　不知怎么搞的，这段话让我想起母亲。

生命不仅属于自己

母亲已经去世十几年了，怪得很，还是常在梦中见到，而且是那样清晰，她一如既往地绽开着皱纹纵横的笑容向我说着什么。一个人与一个人的生命就是这样系在一起，并不因为生命的结束而终止。

母亲在晚年曾经得过一场幻听式的精神分裂症的大病，折腾得她和我都不轻。记得那一年母亲终于大病初愈了，那时，我刚刚大学毕业留在学校教书。好几年一直躺在病床上，母亲消瘦了许多，体力明显不支，但总算可以不再吃药了，我和母亲都舒了一口气。记不得是从哪一天的清早开始，我被外屋的动静弄醒，忽然有些害怕。因为母亲以前得的是幻听式的精神分裂症，常常就是这样在半夜和清晨时突然醒来跳下床，我真是生怕她的旧病复发，一颗心禁不住一下子提到嗓子眼儿。我悄悄地爬起来往外看，只见母亲穿好了衣服，站在地上甩胳臂伸腿弯腰的，有规律地反复地动作着，那动作有些笨拙和呆滞，却很认真，看得出，显然是她自己编出来的早操，只管自己去练就是，根本不管也没有想到会被别人看见。我的心里一下子静了下来，母亲知道练身体了，这是好事，再老的人对生命也有着本能的向往。

大概母亲后来发现了她每早的锻炼吵醒了我的懒觉，便到外面的

肖 复 兴
散 文 精 选

院子里去练她自己杜撰的那一套早操，她的胳臂腿比以前有劲多了，饭量也好多了，蓬乱的头发也梳理得整齐多了。正是冬天，清晨的天气很冷，我对母亲说："妈，您就在屋子里练吧，不碍事的，我睡觉死。"母亲却说："外面的空气好。"

也许到这时我也没能明白母亲坚持每早的锻炼是为了什么，以为仅仅是为了她自己大病痊愈后生命的延续。后来，有一次我开玩笑说她："妈，您可真行，这么冷，天天都能坚持！"她说："咳，练练吧，我身子骨硬朗点儿，省得以后给你们添累赘。"这话说得我的心头一沉，我才知母亲所做的一切是为了孩子，她把生命的意义看得是这样的直接和明了。在以后的很多日子里，我常常想起母亲的这话和她每天清早锻炼身体的情景，便感动不已。一直到母亲去世的那一天，她都没有给孩子添一点累赘。母亲是无疾而终，临终的那一天，她如同预先感知即将到来的一切似的，将自己的衣服包括袜子和手绢都洗得干干净净，整齐地叠放在柜里。她连一件脏衣服都没有给孩子留下来。

也许，只有母亲才会这样对待生命。她将生命不仅仅看成自己的，而是关系着每一个孩子，她就是这样将她的爱通过生命的方式传递着。

我们常说一个人和一个人感情是可以相通的，其实，一个人和一个人的生命更是可以相连的。

花边饺

小时候,包饺子是我家的一桩大事。那时候,家里生活拮据,吃饺子当然只能等到年节。平常的日子,破天荒包上一顿饺子,自然就成了全家的节日。这时候,妈妈威风凛凛,最为得意,一手和面,一手调馅,馅调得又香又绵,面和得软硬适度,最后盆手两净,不沾一星面粉。然后妈妈指挥爸爸、弟弟和我,看火的看火、擀皮的擀皮、送皮的送皮,颇似沙场点兵。

一般,妈妈总要包两种馅的饺子,一种肉一种素。这时候,圆圆的盖帘上分两头码上不同馅的饺子,像是两军对阵,隔着楚河汉界。我和弟弟常捣乱,把饺子弄混,但妈妈不生气,用手指捅捅我和弟弟的脑瓜儿说:"来,妈教你们包花边饺!"我和弟弟好奇地看妈妈将包了的饺子沿儿用手轻轻一捏,捏出一圈穗状的花边,煞是好看,像小姑娘头上戴了一圈花环。我们却不知道妈妈耍了一个小小的花招儿,她把肉馅的饺子都捏上花边,让我和弟弟连吃带玩地吞进肚里,自己和爸爸却吃那些素馅的饺子。

那段艰苦的岁月,妈妈的花边饺,给了我们难忘的记忆。但是,这些记忆,都是长到自己做了父亲的时候,才开始清晰起来,仿佛它

肖 复 兴

散 文 精 选

一直沉睡着,我们必须用经历的代价才可以把它唤醒。

自从我能写几本书以后,家里的经济状况好转,饺子不再是什么圣餐。想起那些个辛酸和我不懂事的日子,想起妈妈自父亲去世后独自一人艰难度日的情景,我想起码不能再让妈妈吃的再受委屈了。我曾拉妈妈到外面的餐馆开开洋荤,她连连摇头:"妈老了,腿脚不利索,懒得下楼啦!"我曾在菜市场买来新鲜的鱼肉或时令蔬菜,回到家里自己做,妈妈并不那么爱吃,只是尝几口便放下筷子。我便笑妈妈:"您呀,真是享不了福!"

后来,我明白了,尽管世上食品名目繁多,人的胃口花样翻新,妈妈雷打不动只爱吃饺子。那是她老人家几十年一贯历久常新的最佳食谱。我知道唯一的方法是常包饺子。每逢我买回肉馅,妈妈看出要包饺子了,立刻麻利地系上围裙,先去和面,再去调馅,绝对不让别人插手。那精神气儿,又回到我们小时候。

那一年大年初二,全家又包饺子。我要给妈妈一个意外的惊喜,因为这一天是她老人家的生日。我包了一个带糖馅的饺子,放进盖帘一圈圈饺子之中,然后对妈妈说:"今儿您要吃着这个带糖馅的饺子,您一准儿是大吉大利!"妈妈连连摇头笑着说:"这么一大堆饺子,我哪儿那么巧能有福气吃到?"说着,她亲自把饺子下进锅里。饺子如一尾尾小银鱼在翻滚的水花中上下翻腾,充满生趣。望着妈妈昏花的老眼,我看出来她是想吃到那个糖饺子呢!

热腾腾的饺子盛上盘,端上桌,我往妈妈的碟中先拨上三个饺子。第二个饺子妈妈就咬着了糖馅,惊喜地叫了起来:"哟!我真的吃到了!"我说:"要不怎么说您有福气呢?"妈妈的眼睛笑得眯成了一条缝。

其实,妈妈的眼睛实在是太昏花了。她不知道我要了一个小小的花招,用糖馅包了一个有记号的花边饺。

那曾是她老人家教我包过的花边饺。

母亲

那一年,我的生母突然去世,我不到8岁,弟弟才3岁多一点儿,我俩朝爸爸哭着闹着要妈妈。爸爸办完丧事,自己回了一趟老家。他回来的时候,给我们带回来了她,后面还跟着一个不大的小姑娘,爸爸指着她,对我和弟弟说:"快,叫妈妈!"弟弟吓得躲在我身后,我噘着小嘴,任爸爸怎么说,就是不吭声。"不叫就不叫吧!"她说着,伸出手要摸摸我的头,我拧着脖子闪开,就是不让她摸。

望着这陌生的娘俩儿,我首先想起了那无数人唱过的凄凉小调:"小白菜呀,地里黄呀,两三岁呀,没有娘呀……"我不知道那时是一种什么心绪,总是用忐忑不安的眼光偷偷看她和她的女儿。

在以后的日子里,我从来不喊她妈妈,学校开家长会,我硬愣把她堵在门口,对同学说:"这不是我妈。"有一天,我把妈妈生前的照片翻出来挂在家里最醒目的地方,以此向后娘示威,怪了,她不但不生气,而且常常踩着凳子上去擦照片上的灰尘。有一次,她正擦着,我突然地向她大声喊着,"你别碰我的妈妈。"好几次夜里,我听见爸爸在和她商量"把照片取下来吧?"而她总是说"不碍事儿,挂着吧!"头一次我对她产生了一种说不出的好感,但我还是不愿叫她妈妈。

　　孩子没有一个是省油的灯,大人的心操不完。我们大院有块平坦、宽敞的水泥空场,那是我们孩子的乐园,我们没事便到那儿踢球、跳皮筋,或者漫无目的地疯跑。一天上午,我被一辆突如其来的自行车撞倒,我重重地摔在了水泥地上,立刻晕了过去。等我醒来的时候,已经躺在医院里了。大夫告诉我:"多亏了你妈呀!她一直背着你跑来的,生怕你留下后遗症,长大可得好好孝顺呀……"

　　她站在一边不说话,看我醒过来俯下身摸摸我的后脑勺,又摸摸我的脸。不知怎么搞的,我第一次在她面前流泪了。

　　"还疼?"她立刻紧张地问我。

　　我摇摇头,眼泪却止不住。

　　"不疼就好,没事就好!"

　　回家的时候,天早已经全黑了。从医院到家的路很长,还要穿过一条漆黑的小胡同,我一直伏在她的背上。我知道刚才她就是这样背着我,跑了这么远的路往医院赶的。

　　以后的许多天里,她不管见爸爸还是见邻居,总是一个劲儿埋怨自己,"都赖我,没看好孩子!千万别落下病根呀……"好像一切过错不在那硬邦邦的水泥地,不在我的调皮,而全在于她。一直到我活蹦乱跳一点儿没事了,她才舒了一口气。

　　没过几年,三年困难时期就来了。只是为了省出家里一口人吃饭,她把自己的亲生闺女,那个老实、听话、像她一样善良的小姐姐嫁到了内蒙古,那年小姐姐才18岁。我记得特别清楚,那一天,天气很冷,爸爸看小姐姐穿得太单薄了,就把家里唯一一件粗线毛大衣给小姐姐穿上。她看见了,一把给扯了下来,"别,还是留给她弟弟吧。"车站上,她一句话也没说,只是在火车开动的时候,她向女儿挥了挥手。寒风中,我看见她那像枯枝一样的手臂在抖动。回来的路上,她

一边走一边唠叨:"好啊,好啊,闺女大了,早点寻个人家好啊,好。"我实在是不知道人生的滋味儿,不知道她一路上唠叨的这几句话是在安抚她自己那流血的心,她也是母亲,她送走自己的亲生闺女,为的是两个并非亲生的孩子,世上竟有这样的后母?

望着她那日趋隆起的背影,我的眼泪一个劲儿往上涌,"妈妈!"我第一次这样称呼了她,她站住了,回过头,愣愣地看着我不敢相信这是真的。我又叫了一声"妈妈",她竟"呜"的一声哭了,哭得像个孩子。多少年的酸甜苦辣,多少年的委屈,全都在这一声"妈妈"中溶解了。

母亲啊,您对孩子的要求就是这么少⋯⋯

这一年,爸爸生病去世了。妈妈她先是帮人家看孩子,以后又在家里弹棉花、攥线头,妈妈就是用弹棉花、攥线头挣来的钱供我和弟弟上学。望着妈妈每天满身、满脸、满头的棉花毛毛,我常想亲娘又怎么样?!从那以后的许多年里,我们家的日子虽然过得很清苦,但是,有妈妈在,我们仍然觉得很甜美。无论多晚回家,那小屋里的灯总是亮的,橘黄色的火里是妈妈跳跃的心脏,只要妈妈在,那小屋便充满温暖,充满了爱。

我总觉得妈妈的心脏会永远地跳跃着,却从来没想到,我们刚大学毕业的时候,妈妈却突然倒下了,而且再也没有起来。

妈妈,请您在天之灵能原谅我们,原谅我们儿时的不懂事,而我却永远也不能原谅自己。我知道在这个世界上,我什么都可以忘记,却永远不能忘记您给予我们的一切⋯⋯

世上有一部书是永远写不完的,那便是母亲。

清明忆父

读初二的那一年,我爱上了读书,特别是从同学那里借了一本《千家诗》之后,我对古诗更是着迷。那时候,我家住在前门,离大栅栏不远,大栅栏路北有一家挺大的新华书店,我常常在放学之后到那里看书。多次的翻看,从那书架上琳琅满目的唐诗宋词里,我看中其中四本,最为心仪,总是爱不释手,拿起来,又放下,恋恋不舍。

每一次翻完这四本书后,总要忍不住看书后面的定价,《李白诗选》定价是1元5分,《杜甫诗选》定价是7角5分,《陆游诗选》定价是8角,《宋词选》定价是1元3角。那时候的5元钱,是我上学在学校里一个月午饭的饭费。每一次看完书后面的定价,心里都叹气,这么多钱,和父亲要,父亲不会答应的。所以,每次翻完书,心里都对自己说,算了,不买了,到学校借吧。可是,每次到新华书店来,总忍不住还要踮着脚尖,把这四本书从书架上拿下来,总忍不住翻完书后还要看看后面的定价,似乎希望这一次看到的定价,会比上一次看到的要便宜了似的。

那时候,姐姐为了帮助父亲分担家庭的负担,不到18岁就去了包头,到正在新建的京包铁路线上工作,从她的工资里拿出大部分,开

始每月给家里寄20元钱。那一天放学之后，母亲刚刚从邮局里取回姐姐寄来的20元钱，我清清楚楚地看见母亲把那4张5元钱的票子，放进了我家放"金银细软"的小箱子里。母亲出去之后，我立刻打开小箱子，从那4张票子里抽出一张，揣进衣兜，飞也似的跑出家门，跑到大栅栏，跑进新华书店，不由分说地，几乎是比售货员还要业务熟练地从书架上抽出那四本书，交到柜台上，然后从衣兜里掏出那张5元钱的票子，骄傲地买下了那四本书。终于，李白、杜甫和陆游，还有宋代那么多有名的词人，都属于我了，可以天天陪伴我一起吟风弄月，说山论河了。

黄昏时，看见刚下班的父亲一脸铁青地向我走来，然后把我领回家，回到家，把我摁在床板上，用鞋底子打了我屁股一顿。我没有反抗，没有哭，什么话也没有说，因为我一眼看到了床头上放着那四本书，知道父亲一定知道了小箱子里少了一张5元钱的票子是干什么去了。

挨完打后，我没有吃饭，拿着那四本书，跑回大栅栏的新华书店，好说歹说，求人家退了书。我把拿回来的钱放在父亲的面前，父亲抬头看了我一眼，什么话也没有说。

第二天晚上，父亲回来晚了，天完全黑了下来。母亲已经把饭菜盛好，放在桌子上，我们一家正等他吃饭。父亲坐在饭桌前，没有先端饭碗，而是从他的破提包里拿出了几本书，我一眼就看见，就是那四本书，《李白诗选》《杜甫诗选》《陆游诗选》和《宋词选》。父亲对我说："爱看书是好事，我不是不让你买书，是不让你私自拿家里的钱。"

将近50年的光阴过去了，我还记得父亲讲过的这句话和讲这句话的样子。那四本书，跟随我从北京到北大荒，又从北大荒到北京，几经颠簸，几经搬家，一直都还在我的身旁。大栅栏里的那家新华书店，奇迹般的也还在那里。一切都好像还和童年时一样，只是父亲已经去世38年了。

心头永远拔不出的刺

在我的印象中,父亲胆子很小,一直到他去世,都活得谨小慎微。长大以后,当我知道父亲的这件事情之后,对父亲的印象才有所改变。

偶然一次,父亲对我说,在部队行军的途中,要求轻装,必须丢掉一些东西,他却还带着一些旧书,舍不得扔掉。其实,说这番话的时候,父亲只是为了教育我要珍惜书籍,结果不小心说漏了嘴,无意中透露出他的秘密。当时我在想,部队行军,这么说,他当过军人,什么军人?共产党的,还是国民党的?那时候,我也就刚读小学四五年级,心里一下子警惕起来。如果是共产党的军人,那就是八路军或者解放军了,有这样的经历是那时的骄傲,他应该早就大张旗鼓地告诉我们了,绝对不会拖到现在才说。所以,我猜想,父亲一定曾是国民党的军人。

事实证明我的猜想没有错。

那时我家有一个棕色的小牛皮箱。有一天,我打开这个小牛皮箱,翻到箱子底,发现一本厚厚的相册。当我打开相册,看见里面每一页都夹着一排排穿着国民党军服的军官的照片。我一下子愣在那里,小小的心被万箭射穿。

读中学之后，我才渐渐弄清楚了。父亲曾经是国民党的少校军官，这对于我简直像一枚炸弹，炸得我胆战心惊。

而这样的一个身份，犹如一块沉重的石头，一直压在父亲的档案里和心上。

后来我发现，父亲写的那些交代材料一摞一摞的，都不知有多少。父亲对我也不隐瞒，就放在那里，任我随意翻看。那里有他的历史，有他的人生。

那时候，我不懂得上一辈人的历史，也不懂得生活的艰难，只知道要坚持阶级立场，要时时刻刻睁大眼睛。我警惕着父亲，随时准备和父亲划清界限。

父亲的棱角就是这样渐渐被磨平的。

长大以后，我要去北大荒插队，之前没有和他商量，就那样毅然决然地离开了家。父亲当时什么话也没有说，他知道说什么也没有用，眼瞅着我从小牛皮箱里拿走户口本，跑到派出所注销。我离开家到东北的那天，父亲只是走出家门便止住脚步，连大院都没有出。他也没有对我说任何送别和嘱咐的话，只是默默地看着我离开了家。

尽管父亲和我成长的历史背景完全不同，但我们各自的性格以及一生的轨迹，总会有相同的部分，命定一般地重合。就像父子俩的长相，总会有相像的某一点或几点。

后来看北岛的《城门开》，书中最后一篇文章是《父亲》，文前有北岛的题诗："你召唤我成为儿子，我追随你成为父亲。"文中写道："直到我成为父亲，回望父亲的人生道路，我才辨认出自己的足迹，亦步亦趋，交错重合——这一发现让我震惊。"读完这篇文章，我想起了我的父亲，眼泪禁不住打湿了眼眶。

独草莓

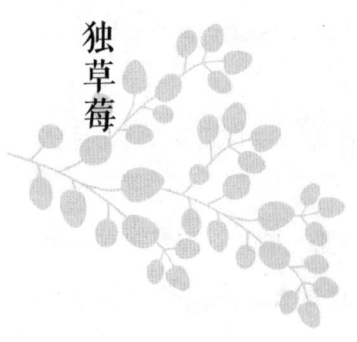

姐姐家在呼和浩特,她住一楼,房前有块空地,种着一株香椿树、一株杏树和一株苹果树。退休之后,姐姐把这块空地开辟成了菜园。翻土,播种,浇水,施肥……每天乐此不疲。姐姐一辈子在铁路局工作,年年的劳动模范,局里新盖了高层楼,分她新房,面积多出三十多平方米。她不去,舍不得她的这片菜园。孩子们都说她,如今,一平方米房子值多少钱?你那破菜园能值几个钱?却谁也拗不过她,只好随了她。

我已经好多年没有见到姐姐了。今年,是姐姐的八十大寿,说什么也要来看看姐姐。想想63年前,1952年,姐姐不到18岁,只身一人来到内蒙古,修新建的京包线铁路。那时候,我才5岁,弟弟2岁,母亲突然逝去,姐姐是为了帮助父亲扛起家庭生活的担子,才选择来到了塞外。姐姐每月往家里寄20元钱,一直寄到我21岁到北大荒插队。那时候,姐姐每月的工资才有几十元钱呀。姐姐说起当年她要来内蒙古前离开家时,我和弟弟舍不得她走,抱着她的大腿哭的情景,仿佛岁月没有流逝,一切都恍若目前。

来到姐姐家,先看姐姐的菜园。菜园不大,却是她的天堂,那里

种着她的宝贝。特别是姐夫前几年病逝之后,那里更是她打发时光消除寂寞的好场所。菜园被姐姐收拾得井井有条。丝瓜扁豆满架,窝瓜满地爬,小葱棵棵似剑,韭菜根根如阵,西红柿、黄瓜和青椒,在架子上红的红,青的青,弯的弯,尖的尖……忍不住想起中学里学过吴伯萧的课文《菜园小记》里说的,真的是姹紫嫣红。这么多的菜,吃不完,送给邻居,成为姐姐最开心的事情。

菜园旁,立着一个大水缸,每天洗米洗菜的水,姐姐从厨房里一桶一桶拎出来,穿过客厅和阳台,走进菜园,把水倒进水缸,备用浇菜。节省一辈子的姐姐,常被孩子们嘲笑,而且,劝她说现在菜好买,什么菜都有,就别整天忙乎这个了,好好养老不好吗?姐姐会说,劳动一辈子了,不干点儿活儿难受。想想,在风沙弥漫的京包铁路线上餐风饮露,这是她念了一辈子的经文,笃信难舍。再想想,人老了,其实不是享清闲,而是怕闲着,能有点儿事干,而且,这事干着又是快乐的,便是养老的最好境界。姐姐种的那些菜,便有她自己的心情浸透,有她往事的回忆,是孩子都上班上学去之后孤独时的伙伴,她可以一边侍弄着它们,一边和它们说说话。

夸她的菜园,就像夸她的孩子一样的高兴。我对她的菜园赞不绝口。姐姐指着菜园前面绿葱葱的植物,我没认出是什么。她对我说,这里原来种的是生菜和小水萝卜,今年闹虫子,我把它们都给拔了,改种了草莓。不知怎么弄的,也可能是我不会种这玩意儿,你看,一春天都过去了,只结了一个草莓。

我跟着她走过去,俯下身子仔细看,才看见偌大的草莓丛中,果然只有一颗草莓,个头儿不大,颜色却很红,小小的红宝石一样,孤独地藏在叶子下面,好像害羞似的怕人看见。

孩子们看着它好玩,都想摘了吃,我没让摘。姐姐说。我问她,干吗不摘,时间久,回头再烂了,多可惜。姐姐笑着说,我心里盼望

023

着有这么一个伴儿在这儿等着,兴许还能再结几个草莓!

相见时难别亦难,和姐姐分手的日子到了,离开呼和浩特回北京的前一天晚上,姐姐蒸的米饭,我炒的香椿鸡蛋,做的西红柿汤,菜都来自姐姐的菜园。晚饭后,姐姐出屋去了一趟菜园,然后又去了一趟厨房,背着手,笑眯眯地走到我的面前,像变戏法一样,还没等我猜,就伸出手张开来让我看,原来是那颗草莓。你尝尝,看味儿怎么样?姐姐对我说。

我接过草莓,小小的,鲜红鲜红的,还沾着刚刚冲洗过的水珠儿,真不忍心下嘴吃。姐姐催促着,快尝尝!我尝了一口,真甜,更难得的是,有一股在市场买的和采摘园里摘的少有的草莓味儿。这是一种久违的味儿。

超重

那天上午在机场送人,飞往法兰克福、伦敦、罗马和巴黎的航班,密集的雨点似的挤在一起。大概正赶上暑假结束,大学开学在即,到处可以看到推着装有大行李箱的推车的学生们,送行的父母特别多。候机厅里,家庭的气息一下子很浓,像是客厅,相似的面孔不停在眼前晃动。

不时有孩子进了里面去办理登机手续,家长只能够站在候机厅里等,儿行千里母担忧,他们都伸长了脖子,把望眼欲穿的心情付与人头攒动的前方。不时便又看见有孩子匆匆地从里面走了出来,给家长一个渴望中的喜悦。不过,我发现,匆匆出来的孩子大多并不是为了和送行的父母再一次告别,也很少见到有依依不舍的场面,那样的场面,似乎只留给了情人之间的拥抱和牵手。

站在我身边的是一位面容姣好的中年妇女,凉鞋露出的脚趾涂着鲜艳的豆蔻,这样风韵犹存的女人,在我们的电视剧里一般还要撒娇呢。现在,她像是只温顺的猫,眼神有些茫然。不一会儿,我看见一个大小伙子推着行李车,气冲冲地向她走来,没好气地对她嚷嚷道:"都是你,让我带,带!都超重啦!"只听见她问:"超了多少?"语气

肖复兴
散文精选

小心，好像过错都在自己的小媳妇。"10公斤！"只有儿子对母亲才会这样的肆无忌惮。听口音，是南方人。

于是，我看见母亲开始弯腰蹲了下来，把捆箱子的行李带解开，打开箱子。那是一大一小赭黄色的两个名牌箱。儿子也蹲下来，和母亲一起翻箱里的东西，首先翻出的是两袋洗衣粉，儿子气哼哼地嘟囔着："这也带！"然后又翻出一袋糖，儿子又气哼哼地嘟囔一句："这也带！"接着把好几铁盒的茶叶都翻了出来："什么都带！"母亲什么话都没说，看儿子天女散花似的把好多东西都翻了出来，面前像是摆起了地摊。最后，儿子把许多衣服和一个枕头也扔了出来，紧接着下手往箱底伸了，只听见母亲叫了声："被子呀，你也不带了！"

我有些看不过去，走了两步，冲那个一直气哼哼嘴噘得能挂个瓶子的儿子说："10公斤差不多了，你东西都不带，到了那儿怎么办？"儿子不再扔东西了，母亲站了起来，一脸忧郁，本来化得很好的妆，因出汗而坍塌显出些许的斑纹。"先去试试再说。"我接着对那个儿子说，他开始收拾箱子，母亲则把茶叶都从铁盒里掏出来，又塞进箱里。儿子推着行李车走了，我问那位母亲孩子去哪里，她告诉我去英国读书。她脚下的那些东西都散落着，稀泥似的摊了一地。

这时，我身旁另一侧，又有一个女孩推着车走到她的父母身边，几乎和那个男孩一样气哼哼的表情，把车使劲一推，推到她父亲的脚前，说了句："严重超重！"父亲和刚才这位母亲一样，立刻蹲下身子，替女儿打开行李箱，我一看，箱子里几乎全是吃的东西，而且全是麻辣的食品，不用说，来自四川。左翻翻，右翻翻，父亲权衡着取出什么好，女儿站在那里，用手扇着风，摸着脸上的汗，说着："这都是我想带的呀！"这让父亲为难了，倒是母亲在旁边发话了："把那些腊肠都拿出来吧，那玩意占分量。"父亲拿出了好几袋腊肠，又拿出好几管牙膏、一大罐营养品和几件棉衣，再盖箱子的时候，鼓囊囊

的箱子像撒了气的气球似的，瘪下去了一大块。女儿风摆柳枝推着车走了，我悄悄地问她母亲这是去哪儿，回答说是去法国读书。

　　独生子女的一代，理所当然地觉得可以把一切不满和埋怨都发泄给父母。养儿方知父母恩，他们还没到明白父母心的年龄。他们可以埋怨父母的娇惯和期待超重，却永远不该埋怨父母对自己的情感超重。

喝得很慢的土豆汤

那天下午两点多,我和妻子路过北大,因为还没有吃午饭,忽然想起儿子曾经特意带我们去过的一家朝鲜小馆,就在附近,离北大的西门不远,一拐弯儿就到,便进了这家朝鲜小馆。

大概由于早过了饭点儿,小馆里没有一个客人,空荡荡的,只有风扇寂寞地、呼呼地吹着。一个服务员,是个胖乎乎的小姑娘走了过来,把我们领到靠窗的风扇前让坐下,说这里凉快,然后递过菜谱问我们吃点儿什么。我想起上次儿子带我们来,点了一个土豆汤,非常好吃,很浓的汤,却很润滑细腻,微辣中有一种特殊的清香味儿,湿润的艾草似的撩人胃口。不过已经过去了两个多月的时间,我忘记是用鸡块炖的,还是用牛肉炖的了,便对妻子嘀咕:"你还记得吗?"妻子也忘记了。儿子在北大读书的时候,常常和同学到这家小馆里吃饭。由于是24小时营业,价格公道,朝鲜风味又都特别对他们的口味,非常受他们的欢迎,他们对这里的菜当然比我们要熟悉。大学毕业,儿子去美国读研,放假回来,和同学聚会,总还要跑到这里,点他们最爱吃的菜。可惜,儿子假期已满,又回美国接着读书去了,天高地远,没法子问他了。

没有想到，小姑娘这时对我们说道："上次你们是不是和你们的儿子一起来的，就坐在里面那个位子？"她说着一口比赵本山还浓郁的东北话，用胖乎乎的小手指了指里面靠墙的位子。

我和妻子都惊住了。她居然记得这样清楚，那时，我们和儿子确实就坐在那里。

我更没有想到的是，她接着用一种很肯定的口吻对我们说："那次你们要的是鸡块炖土豆汤。"

这样的肯定，让我心里相信了她，不过，我开玩笑地对她说："你就这么肯定？"

她笑了："没错，你们要的就是鸡块炖土豆汤。"

我也笑了："那就要鸡块炖土豆汤。"

她望望我和妻子，像考试成绩不错得到了表扬似的，高声向后厨报着菜名："鸡块炖土豆汤！"高兴地风摆柳枝走去。

刚才和小姑娘的对话，让我和妻子在那一瞬间都想起了儿子。思念，一下子变得那么近，近得可触可摸，就在只隔几排座位的那个位子上，走过去，一伸手，就能够抓到。两个多月前，儿子要离开我们回美国读书的时候，特意带我们到这家小馆，让我们尝尝他和他的同学的青春滋味。那一次，他特别向我们推荐了这个鸡块炖土豆汤，他说他和他的同学都特别爱喝，每次来都点这个土豆汤，让我们一定要尝尝。因为儿子临行前的时间安排得很满，我和妻子知道，那一次，也是他和我们的告别宴。所以，那一次的土豆汤，我们喝得格外慢，边聊边喝，临行密密缝一般，彼此嘱咐着，诉说着没完没了的话，一直从中午喝到了黄昏，一锅汤让服务员续了几次汤，又热了几次。许多的味道，浓浓的，都搅拌在那土豆汤里了。

不过，事情已经过去了两个多月，我都忘记了到底喝的什么土豆汤了，这个胖乎乎的小姑娘居然还能够如此清楚地记得我们喝的是鸡块炖土豆汤,而且记得我们坐的具体位置,真让我有些奇怪。小馆24小时营业,一直热闹非常,来来往往那么多的客人,点的那么多不同品种的菜和汤,她怎么就能够一下子记住了我们,而且准确无误地判断出那就是我们的儿子,同时记住了我们要的是什么样的土豆汤?这确实让我好奇,百思不解。

汤上来了,鸡块炖土豆汤,浓浓的,热气缭绕,清香味扑鼻,抿了一小口,两个多月前的味道和情景立刻又回到了眼前,熟悉而亲切,仿佛儿子就坐在面前。

"是吧,是这个土豆汤吧?"小姑娘望着我,笑着问我。

"是,就是这个汤。"

然后,我问小姑娘:"你怎么记得我们当初要的是这个汤?"

她笑笑,望望我和妻子,没有说话,转身走去。

那一天下午的土豆汤,我们喝得很慢。

结完账,临走的时候,小姑娘早早地等候在门口,为我们撩起珠子串起的门帘,向我们道了声再见。我心里的谜团没有解开,刚才一边喝着汤一边还在琢磨,小姑娘怎么就能够那么清楚地记得我们和儿子那次到这里来吃饭坐的位置和要的土豆汤?总觉得一定是有原因的。那么,是什么原因呢?是因为那一次我们的土豆汤喝得太慢,麻烦让她来回热了好几次的缘故,让她记住了?还是因为来这家小馆的大多是附近年轻的大学生,一下子出现我们这样大年纪的客人,显得格外扎眼?我不大甘心,出门前再一次问她:"小姑娘,你是怎么就能记住我们要的是鸡块炖土豆汤的呢?"

她还是那样抿着嘴微微地笑着,没有回答。

我只好夸奖她:"你真是好记性!"

一路上,我和妻子都一直嘀咕着这个小姑娘和对于我们有些奇怪的土豆汤。星期天,和儿子通电话时,我对他讲起了这件事,他也非

常好奇，一个劲儿直问我："这太有意思了，你没问问她到底是怎么回事吗？"我告诉他："我问了，小姑娘光是笑，不回答我为什么呀。"

被人记住，总是一件让人高兴的事，不过，对于我们一家三口，这确实是一个谜。也许，人生本来就有许多解不开的谜，让生活充满着迷离的想象，让人和人之间有着神奇的交流，让庸常的日子有了温馨的念想和悬念。

又过去了好几个月，树叶都渐渐地黄了，天都渐渐地冷了。那天下午，还是两点多钟，我去中关村办事，那家小馆，那个小姑娘，和那锅鸡块炖土豆汤，立刻又从沉睡中苏醒过来似的，闯进我的心头。离着不远，干吗不去那里再喝一喝鸡块炖土豆汤？便一拐弯儿，又进了那家小馆。

因为不是饭点儿，小馆里依然很清静，不过，里面已经有了客人，一男一女正面对面坐着吃饭，蒸腾的热气弥漫在他们的头顶。见我进门，一个小伙子迎上前来，让我坐下，递给我菜谱。我正奇怪，服务员怎么换成了男的，那个小姑娘哪里去了？扭头看见了那一对面对面坐在那里吃饭的人中的那个女的，就是那个胖乎乎的小姑娘，对面坐着的是一个年龄大约四五十岁的男人，看那模样长得和小姑娘很像，不用说，一定是她的父亲。小姑娘也看见了我，向我笑笑，算是打了招呼。

我要的还是鸡块炖土豆汤。因为炖汤要有一些时间，我走过去和小姑娘聊天，看见他们父女俩要的也是鸡块炖土豆汤。我笑了，她也笑了，那笑中含有的意思，只有我们两人明白，她的父亲看着有些蹊跷。

我问："这位是你父亲？"

她点点头，有些兴奋地说："刚刚从老家来。我都和我爸爸好几年没有见了。"

肖　复　兴
散　文　精　选

"想你爸爸了！"

她笑了，她的父亲也很憨厚地笑着，望望我，又望望女儿。

难得的父女相见，我能想象得出，一定是女儿跑到北京打工好几年了，终于有了父女见面的机会，是难得的。我不想打搅他们，走回自己的座位，要了一瓶啤酒，静静地等我的土豆汤。我的心里充满着感动，我忽然明白了，这个小姑娘当初为什么一下子就记住了我们和儿子，记住了我们要的土豆汤。人同此情，情同此理，没有比亲人之间分别的思念和相逢的欢欣，更能够让人感动和难忘的了。亲情，在那一刻流淌着，洇湿了所有的时间和空间的距离。

土豆汤上来了，抬头一看，我没有想到，是小姑娘为我端上来的。我还没有责怪她怎么不陪父亲，她已经看出了我的意思，先对我说："我们店里的人手少，老板让我和我爸爸一起吃饭，已经是很不错了。"和上次她像个扎嘴的葫芦大不一样，她的话明显多了起来。说罢，她转身走去，走到她父亲的旁边，从袅娜的背影，也能看出她的快乐。

那一个下午，我的土豆汤喝得很慢。我看见，小姑娘和她爸爸的那一锅土豆汤喝得也很慢。

2004 年 9 月 15 日北京雨中

水袖之痛

胡文阁是梅葆玖的徒弟，近几年名声渐起。作为梅派硕果仅存的男旦演员，胡文阁的声名无疑沾了梅派的光。当然，他自己很努力，唱得确实不错。六年前，我第一次看他的演出，是在长安剧院，梅葆玖和他前后各演一折《御碑亭》。坦率讲，说韵味，他还欠火候，和师傅有距离；单说声音，他要比师傅更亮也更好听，毕竟他正值当年。

其实，我对于胡文阁的兴趣，不仅在于他的梅派男旦的声名和功力，还因为听他讲了自己的一件往事。

20世纪80年代，他还不到20岁，在西安唱秦腔小生，却痴迷京戏，痴迷梅派青衣，便私下向高师李德富先生学艺。青衣的唱腔当然重要，水袖却也是必须要苦练的功夫。四大名旦中，水袖舞得好的，当数梅程二位。水袖是青衣的看家玩意儿，它既可以是手臂的延长，载歌载舞；又可以是心情的外化，风情万千。那时候，不到20岁的胡文阁痴迷水袖，但和老师学舞水袖，需要自己买一副七尺长的杭纺做水袖。这一副七尺长的杭纺，当时需要22元，正好是他一个月的工资。

为了学舞水袖，花上一个月的工资，也是值得的，而且，对于一

肖　复　兴
散　文　精　选

个学艺者，也算不上什么。但关键问题是，那时候，胡文阁的母亲正在病重之中——他很想在母亲很可能是一辈子最后一个生日的时候，给母亲买上一件生日礼物。但是，他已经没钱给母亲买生日礼物了。在水袖和生日礼物二者之间，他买了七尺杭纺做了水袖。他想得很简单——年轻人，谁都是这样，把很多事情想得简单了——下个月发了工资之后，再给母亲买件生日礼物补上。

　　在母亲的病床前，他把自己的想法对母亲说了。已经不会讲话的母亲嘶哑着嗓子，呃呃的不知在回答他什么。然而，无情的时间，对于母亲，已经没有了下个月，便也就没有给胡文阁这个补上母亲生日礼物的机会。母亲去世了，他才明白，世上有的东西是补不上的，落到地上的叶子，再也无法如鸟一样重新飞上枝头。三十多年过去了，胡文阁到现在一直非常后悔这件事情。水袖，成为他的心头之痛，是扎在他心上的一枚永远拔不出来的刺。

　　胡文阁坦白道出自己的心头之痛，让我感动。作为孩子，对于养育我们的父母，常常会出现类似胡文阁这样的事情。在我们的人生之路上，事业也好，爱情也好，婚姻也好，小孩也好……摩肩接踵，次第而来，件件都自觉不自觉地觉得比父母重要；即使在母亲病重的时刻，像胡文阁还觉得自己的水袖重要呢。都说人年轻时不懂爱情，其实，年轻时是不懂亲情。爱情，总还要去追求，亲情则是伸手大把大把接着就是了，是那么轻而易举。问题是，胡文阁还敢于面对自己年轻时的浅薄，坦陈内疚——多少孩子吃凉不管酸，并没觉得自己有什么对不起父母的地方，没有什么心痛之感，而是将那一枚刺当成绣花针，为自己刺绣出新美的图画。

　　面对我的父母，我常常会涌出无比惭愧的心情，因为在我年轻的时候，一样觉得自己的事情才是重要的，父母总是被放在了后面。记得当初母亲从平房搬进新楼之后，已年过80，腿脚不利落，我生怕她

下楼不小心摔倒，便不让她下楼。母亲去世之前，一直想下楼看看家前面新建起来的元大都公园，兴致很高地对我说：听说那里种了好多的月季花！正是数伏天，我对她说，天凉快点儿再去吧。谁想，没等到天凉快，母亲突然走了。真的，那时候，总以为父母可以长生不老地永远陪伴着我们。我们就像蚂蟥一样，趴在父母的身上，那样理所当然地吸吮着他们身上的血而心安理得。

我不知道，如今的胡文阁站在舞台上舞动水袖的时候，会不会在一瞬间想起母亲。不知道为什么，自从听到他讲述自己这件三十多年前的往事之后，无论是在舞台上，还是在电视里，再看到他舞动水袖的时候，我总有些走神，忍不住想起他的母亲，也想起我的母亲。

机场的拥抱

在南京机场候机回北京,来得很早,时间充裕,坐在候机大厅无所事事,看人来人往。到底是南京,比北京要暖,离立夏还有多日,姑娘们都已经迫不及待地穿上短裙和凉鞋了。坐在我对面的女人,看年纪有三十多了,也像个小姑娘一样,穿着一件齐膝短裙了,在和节气,也和年龄赛跑。

来了一对年老的夫妇,坐在我身边的空座位上。听他们一口纯正的北京话,就知道是老北京人。他们说话的声音有些大,显然是丈夫的耳朵有些背了,年龄不饶人。但看他们的年龄,其实也就七十上下,并不太大。听他们讲话,是在苏州无锡镇江转了一圈,从南京乘飞机回北京。

忽然,我发现他们的声音变得小了下来。这样小的声音,妻子听得见,丈夫却听不清楚了。但是,妻子依然压低了嗓音在说话,只不过嘴巴尽量贴在了丈夫的耳边。我隐隐约约听见的话,是"真像"!"太像了"!他们反复说了几遍,不尽的感叹都在里面了。

声音可以压低,像把皮球压进水底,目光却把心思泄露出来。顺着这对老夫妇的目光,我发现目光如鸟一样,双双都落在对面坐的这

个女人的身上。

我才仔细地看了看这个女人，发现她的黑色短裙和天蓝色长袖T恤，还有脚上的一双白色耐克运动鞋，很搭。还有她的清汤挂面的齐耳短发，也很搭。当然，和她清秀的身材更搭。很像一位运动员。刚才只看到她的短裙，其实，短裙并不适合所有的女人。在她的身上，短裙却画龙点睛，让一双长腿格外秀美。

很像，这个女人很像谁呢？心里便猜，大概是像这对老夫妇的女儿了吧？天底下，能够遇到很相像的一对人的概率，并不高。刚看完电视剧《酷爸俏妈》，都说里面的演员高露长得极像高圆圆。这个女人，一定让这对老夫妇想起了自己的什么亲人。否则，他们不会这样悄悄议论。声音很低，却有些动情。能够让人动情的，不是自己的亲人，又会是谁呢？

我看见，妻子忽然掩嘴"扑哧"一笑，丈夫跟着也笑了起来。我猜想，笑肯定和对面这个女人有关，只是并没有惊动这个女人，她依然跷着秀美的腿，在看手机，嘴角弯弯的也在笑，但她的笑和这对老夫妇无关，大概是手机上的微信或朋友圈有了什么好玩的段子或信息。

要不你去跟她说一下？你去吧，我一个老头子，怪不好意思的……我听见老夫妇的对话，看着妻子站起身来，回过头冲着丈夫说了句：什么事都是让我冲锋在前头！便走到对面的女人的身前，说了句：姑娘，打搅你一下！女人放下手机，很礼貌地立刻站起来，问道：阿姨，您有什么事吗？是这样的，你长得特别像我们的女儿。说着，妻子打开自己的手机给这个女人看，大概是找到自己的女儿的照片，这个女人禁不住叫了起来：实在是太像了！怎么能这样像呢！我忍不住看了一眼身边的这位丈夫，一直笑吟吟地望着这个女人。

我们想和你一起照张相，不知道可以不可以？妻子客气地说。太可以了！待会儿我还得请您把您女儿的照片发我手机上呢！

丈夫站了起来，走到这个女人的身边，妻子冲我说道：麻烦你帮我们照张相！把手机递到我的手中。我没有看到手机上的照片，不知道他们的女儿和他们身边的这个女人到底有多像，但从他们的交谈中知道女儿十多年前去美国留学，毕业后留在美国工作，工作忙，孩子又刚读小学离不开人，已经有五年没有回家了。思念，让身边的这个女人像女儿的指数平添了分值。

照完了相，我把手机递给妻子的时候，听见丈夫对这个女人说了句：孩子，我能抱你一下吗？女人伸出双臂紧紧地拥抱住了他。我看见，他的眼角淌出了泪花。我没有想到的是，那一刻，这个女人也流出了眼泪。

第二章
那片绿绿的爬山虎

那片绿绿的爬山虎

1963年，我上初三，写了一篇作文叫《一张画像》，是写教我平面几何的一位老师。他教课很有趣，为人也很有趣，致使这篇作文写得也自以为很有趣。经我的语文老师推荐，这篇作文竟在北京市少年儿童征文比赛中获奖。当然，我挺高兴。一天，语文老师拿来厚厚一个大本子对我说："你的作文要印成书了，你知道是谁替你修改的吗？"我睁大眼睛，有些莫名其妙。"是叶圣陶先生！"老师将那大本子递给我，又说："你看看叶先生修改得多么仔细，你可以从中学到不少东西！"

我打开本子一看，里面有这次征文比赛获奖的20篇作文。我翻到我的那篇作文，一下子愣住了：首先映入眼帘的是红色的修改符号和改动后增添的小字，密密麻麻，几页纸上到处是红色的圈、勾或直线、曲线。那篇作文简直像是动过大手术鲜血淋漓又绑上绷带的人一样。回到家，我仔细看了几遍叶老先生对我作文的修改。题目《一张画像》改成《一幅画像》，我立刻感到用字的准确性。类似这样的地方修改得很多，长句子断成短句的地方也不少。有一处，我记得十分清楚："怎么你把包几何课本的书皮去掉了呢？"叶老先生改成："怎

肖 复 兴
散 文 精 选

你把几何课本的包书纸去掉了呢?"删掉原句中"包"这个动词,使句子干净了也规范了。而"书皮"改成了"包书纸"更确切,因为书皮可以认为是书的封面。我真的从中受益匪浅,隔岸观火和身临其境毕竟不一样。这不仅使我看到自己作文的种种毛病,也使我认识到文学事业的艰巨:不下大力气,不一丝不苟,是难成大气候的。我虽然未见叶老先生的面,却从他的批改中感受到了他的认真、平和以及温暖,如春风拂面。

叶老先生在我的作文后面写了一则简短的评语:这一篇作文写的全是具体事实,从具体事实中透露出对王老师的敬爱。肖复兴同学如果没有在这几件有关画画的事儿上深受感动,就不能写得这样亲切自然。这则短短的评语,树立起我写作的信心。那时我才15岁,一个毛头小孩,居然能得到一位蜚声国内外文坛的大文学家的指点和鼓励,内心的激动可想而知,涨涌起的信心和幻想,像飞出的一只鸟儿抖着翅膀。那是只有那种年龄的孩子才会拥有的心思。

这一年暑假,语文老师找到我,说:"叶圣陶先生要请你到他家做客!"

我感到意外。像叶圣陶先生这样的大作家,居然要见一个初中学生,我自然当成人生中的一件大事。

那天,天气很好。下午,我来到东四北大街一条并不宽敞却很安静的胡同。叶老先生的孙女叶小沫在门口迎接了我。院子是典型的四合院,敞亮而典雅,刚进里院,一墙绿葱葱的爬山虎扑入眼帘,使得夏日的燥热一下子减少了许多,阳光都变成绿色的,像温柔的小精灵一样在上面跳跃着闪烁着迷离的光点。

叶小沫引我到客厅,叶老先生已在门口等候。见了我,他像会见大人一样同我握了握手,一下子让我觉得距离缩短不少。落座之后,他用浓重的苏州口音问了问我的年龄,笑着讲了句:"你和小沫同龄

呀!"那样随便、和蔼,作家头顶上神秘的光环消失了,我的拘束感也消失了。越是大作家越平易近人,原来他就如一位平常的老爷爷一样让人感到亲切。

想来有趣,那一下午,叶老先生没谈我那篇获奖的作文,也没谈写作。他没有向我传授什么文学创作的秘诀、要素或指南之类。相反,他几次问我各科学习成绩怎么样。我说我连续几年获得优良奖章,文科理科学习成绩都还不错。他说道:"这样好!爱好文学的人不要只读文科的书,一定要多读各科的书。"他又让我背背中国历史朝代,我没有背全,有的朝代顺序还背颠倒了。他又说:"我们中国人一定要搞清楚自己的历史,搞文学的人不搞清楚我们的历史更不行。"我知道这是对我的批评,也是对我的期望。

我们的交谈很融洽,仿佛我不是小孩,而是大人,一个他的老朋友。他亲切之中蕴含的认真,质朴之中包容的期待,把我小小的心融化了,以至不知黄昏什么时候到来,悄悄将落日的余晖染红窗棂。我一眼又望见院里那一墙爬山虎,黄昏中绿得沉郁,如同一片浓浓的湖水,映在客厅的玻璃窗上,不停地摇曳着,显得虎虎有生气。那时候,我刚刚读过叶老先生写的一篇散文《爬山虎》,便问:"那篇《爬山虎》是不是就写的它们呀?"他笑着点点头:"是的,那是前几年写的呢!"说着,他眯起眼睛又望望窗外那爬山虎。我不知那一刻老先生想起的是什么。

我应该庆幸,有生以来第一次见到作家,竟是这样一位大作家,一位人品与作品都堪称楷模的大作家。他对于一个孩子平等真诚又宽厚期待的谈话,让我15岁那个夏天富有生命的活力,仿佛那个夏天变长了。我好像知道了或者模模糊糊懂得了:作家就是这样做的,作家的作品就是这么写的。同时,在我的眼前,那片爬山虎总是那么绿着。

1991 年底于北京

面包房

那时,我的孩子小,还没有上小学。晚上,我有时会带着他到长安街玩,顺便去买面包或蛋糕。长安街靠近大北窑路北,有家面包房,不大,做的法式面包和黑森林蛋糕非常的好吃。关键是,一到晚上七点之后,所有的面包和蛋糕,包括气鼓、苹果派、核桃派,品种很多的甜点,一律打五折出售,价钱便宜了整整一半。当我和孩子发现了这个秘密后,这家面包房便成了我们常常光顾之地,对于馋嘴的孩子,这里如同游戏厅一样充满诱惑。

那时,售货员常常只剩下了一个人值班,坚守到把面包和蛋糕都卖出去。这是一个年轻姑娘,顶多二十三四岁的样子,有点儿胖,但圆圆脸膛,大眼睛,还是挺漂亮的。每次去,几乎都能够碰见她,孩子总要冲她阿姨阿姨叫个不停,我要买这个!我要买那个!静静的面包房,因为我们的闯入,一下子热闹起来。她站在柜台里,听孩子小鸟闹林一般叫唤不停,静静望着孩子,目光随着孩子一起在跳跃。

渐渐地,彼此都熟了。我们进门后,她会笑吟吟地对我们说:今天来得巧了,你们爱吃的黑森林还有一个没卖出去,等着你们呢!或者,她会惋惜地对我们说:黑森林卖没了,这个巧克力慕斯也不错,

要不，你们可以尝尝这个绿茶蛋糕，是新品种。一般，我们都会听从她的建议，总能尝新，味道确实很不错。花一半的钱，买双倍的蛋糕或面包，物超所值，还有这样一个和蔼可亲又年轻漂亮的阿姨，孩子更愿意到那里去。

有时候，我们来得早了点儿，她会用漂亮的兰花指指指墙上的挂钟，对我们说：时间还没到呢！屋子不大，这时候客人很少，有时根本没有，她就让我们在仅有的一对咖啡座上坐一会儿，严守时间。等到挂钟的时针指向七点的时候，她会冲我们叫一声：时间到了！孩子会像听到发号令一样，先一步蹿上去，跑到柜台前，指着他早就瞄准好的蛋糕和面包，对她说要这个！她总是笑吟吟地看着孩子，听着孩子麻雀一样叽叽喳喳地叫个不停，然后用夹子把蛋糕和面包夹进精美的盒子里，用红丝带系好，在最上面打一个蝴蝶结，递到我们的手里，道声再见后，望着我们走出面包房。有一次，她有些羡慕地对我说：这孩子多可爱呀，有个孩子真好！

面包房伴孩子度过了童年，在孩子小学三年级的时候，那一年的暑假，我们去面包房几次，都没有见到她。新的售货员一样很热情，买好蛋糕和面包，走出面包房，孩子悄悄地问我：怎么那个阿姨不在了呢？会不会下岗了呀？那时，他们班上好几个同学的家长下岗，阴影覆盖在同学之间，孩子不无担心。面包房里这个好心漂亮的阿姨，是看着他长大的呀。

下一次来买面包的时候，我问新的售货员原来总值晚班的那个胖乎乎的售货员哪儿去了，怎么好长时间没见了？新售货员告诉我：她呀，生孩子，在家休产假呢！不是下岗，孩子放心了。那天，多买了一个全麦的面包，里面夹着好多核桃仁，嚼起来，很香。

等我再见到她，大半年过去了，孩子已经升入四年级，一个学期都快要结束了。我对她说听说你生小孩了，恭喜你呀！她指着我的孩子说：这才多长时间没见，您看您这孩子长这么高了！什么时候，我那孩子也能长这么大呀！我开玩笑对她说：你可千万别惦记着孩子长大，孩子真的长大，你就老喽！她嘿嘿地笑了起来说：那也希望孩子早点儿长大！

时光如流，一转眼，我的孩子到了高考的时候，功课忙，很少有时间再和我一起去面包房，偶尔去一趟，仿佛是特意陪我一样。特别是考入大学，交了女朋友之后，晚上要去的地方很多，比如，图书馆、咖啡馆、电影院、旱冰场、大卖场等等，面包房已经如飞快的列车驰过掠在后面的一棵树，属于过去的风景了。只有我常常晚上不由自主地转到长安街，拐进面包房。

这期间，面包房搬了一次家，从东边往西移了一下，不远，也就几百米的样子，门口装潢一新，还有霓虹灯闪耀。里面稍微大了一些，但还是很局促，不变的是，值晚班的还常常是这个胖乎乎的姑娘，不过，我是总这样叫她姑娘，其实，她已经变成了一位中年妇女了。没变的，是蛋糕和面包的味道，还保持原有的水平，只是价钱悄悄地涨了几次。

有一天，我去面包房，见我又只是一个人，她替我装好蛋糕和面包，问我：您的孩子怎么好长时间没跟您一起来了？我告诉她孩子上大学了。她点点头，然后笑着对我说：等再娶了媳妇就忘了爹娘，更不会跟您一起来了呢！我也跟着一起笑了起来。回家见到孩子后，我把她的话告诉给孩子听，孩子一下子很感动，对我说：您说咱们不过只是到她那里买打折的面包和蛋糕，这么长时间了，她还能记得我，这阿姨真的不错！我也这样认为，世上人来来往往，多如过江之鲫，莫说是萍水相逢了，就是相交很长时间的老朋友，有的都已经淡忘，如烟散去，何况一个面包房和你毫无关系的姑娘！

星期天，孩子专门陪我去了一趟面包房，一进门叫声阿姨，她抬

头一望，禁不住说道：都长这么高了！又说你要的黑森林今天没有了。孩子说没关系，买别的。然后，两个人一个挑蛋糕和面包，一个往盒子里装蛋糕和面包，谁都没再说什么，但他们彼此望着，很熟悉，很亲近，那一瞬间，仿佛一家人。那种感觉，是我来面包房那么多次，从来没有过的。

有时候，我会奇怪地问自己：一个人，一辈子要走的地方很多，去的场所很多，一个小小的面包房，不过是你生活中偶然的邂逅，为什么会让你涌出了这样亲近、亲切又温馨的感觉？其实，哪怕是一棵树，和你相识熟了，也会有这样的感觉的，何况是人，因为熟悉了，又是彼此看着长大，在岁月的年轮里，融入了成长的感情，所买和所卖的面包和蛋糕里便也就融入了感情，比巧克力奶油慕斯或起司的味道更浓郁。

孩子大学毕业就去了美国留学，孩子走后，我很少去面包房。倒不是家里缺少了一只馋嘴的猫，少了去面包房的冲动，更主要的是自己也懒了，老猫一样猫在家里，不愿意走动，其实就是老了的征兆。那天，如果不是老妻要过本命年的生日，我还想不起面包房。生日的前一天，我对老妻说：我去面包房买个蛋糕吧！才想起来，孩子去美国几年，就已经有几年没有去过面包房了，日子过得这么快，一晃，七年竟然如水而逝。

那天晚上，北京城难得下起了雪，雪花纷纷扬扬的，把长安街装点得分外妖娆。老远就能看见面包房门前的霓虹灯在雪花中闪闪烁烁眨着眼睛，走近一看，才发现门脸新装修了一番，门东侧的一面墙打开，成了一面宽敞明亮的落地窗。走进去一看，今天难得的热闹，竟然有三个漂亮年轻的女售货员挤在柜台前，蒜瓣一样紧紧地围着一个二十来岁的姑娘，叽叽喳喳地说得正欢。扫了一眼，没有找到我熟悉的那个胖乎乎的售货员。因为去的时间早，还有十来分钟到七点，我坐在一旁，边等边听她们说话。听明白了，这个姑娘和我一样，也是等七点钟买打折蛋糕的。还听明白了，是给她的妈妈买生日蛋糕的。又听明白了，她的妈妈就是面包房里那三位女售货员的同事，她们其中的两位是从面包房后面的车间特意跑出来，聚在一起，正在帮姑娘参谋，让她买蛋糕之后再买几个面包，并对小姑娘说：你妈妈在这里工作了这么多年，都是值晚班卖打折的面包和蛋糕，自己还从来没买过一回呢！你得多买点儿！

　　七点钟到了，我走到柜台前，玻璃柜里只有一个黑森林蛋糕，一位售货员对我说：对不起，这个蛋糕已经有主儿了！她指指身边的姑娘。我说那当然！然后，我对姑娘说：你妈妈我认识！姑娘睁着一双大眼睛，奇怪地问我：您认识我妈？我肯定地说：当然！小姑娘更加奇怪地问：您怎么认识的？我笑着对她说：回家问问你妈妈就知道了！就说一个常常带着一个孩子来这里买蛋糕和面包的叔叔，祝她生日快乐！她还是有些疑惑，也是，几十年的岁月是一点点流淌成的一条河，怎么可以一下子聚集在一杯水里，让她看得清爽呢？我再次肯定地对她说：你回家和你妈妈一说，你妈妈就会知道的！

　　姑娘买好蛋糕和面包，走出面包房，身影消失在风雪之中，我转身问那三个售货员：她的妈妈是不是你们面包房里那个胖乎乎的售货员？她们都惊讶地点头，问我：您是她以前的老师吧？我笑而不答。她们告诉我她今年刚刚退休。这回轮到我惊讶了：这么早？她才多大呀！她们接着说：我们这里50岁退休。竟然50岁了！就像她看着我的孩子长大一样，我看着她的青春在面包房里老去，生命的轮回在我们彼此的身上，面包房就是见证。

青木瓜之味

大约是四年前初春的一个星期天下午,我去邮局发信。邮局离我家不远,过了马路,走两三分钟就到。就在要到邮局的时候,一个年轻的女子和我擦肩而过。忽然,她停住脚步,回头看了我一眼。那一眼的眼神很亲切,也有些惊奇,仿佛认出了一个熟人而与之邂逅相逢。那眼神闹得我以为真的碰见了什么认识的人,便也禁不住停住脚步,看了她一眼:年龄不大,也就二十出头,模样清爽,中等身材,瘦削削的。看她的装扮,初春时节还穿着一件臃肿的棉衣,就猜得出是一个外地人,大概是打工妹。我仔细地想了想,从来没有见过这么个人,她肯定是认错了人。于是,我笑笑自己的自作多情,向邮局走去。

我走了没几步,她从后面跑了过来,跑到我的面前,这让我很吃惊,不知碰见了什么人。只听见她用南方那种绵软的声音仔细而小心翼翼地问我:"你是不是肖复兴老师?"我越发地惊讶,她居然叫出了我的名字,我木讷在那里,近乎机械地点了点头。

她一下子显得很兴奋,接着说:"刚才你迎面向我走来,我看着你就像。我读中学的时候就看过你写的书,你和书上的照片很像。真没有想到怎么这么的巧,今天在这里遇见了你!"

肖 复 兴
散 文 精 选

原来是一位读者，大概她这番热情的话，很能够满足我的虚荣心，听她说她喜欢我写的一些东西，特别是说她读中学的时候读我写的东西对她有帮助，她一直忘不了……我就像小学生爱听表扬似的，立刻有些发晕，找不着了北，站在街头和她聊了起来，一任身边车水马龙喧嚣。

从她那话语中，我渐渐地听明白了，从小在南方农村长大，中学毕业，她没有考上大学，家里生活困难，就跟着乡亲来到了北京打工，住的地方离我家不算太远，要走半个小时左右，今天星期天休息，她是刚刚到邮局给家里寄钱，并发了一封平安家信。虽是萍水相逢，只是些家常话，却让我感到她像是在掏心窝子，我一下子竟有些感动，没有想到只是写了一些平常的东西，能够让心拉近，距离缩短，心里想也应该说是如今没什么用处的文学的一点特殊功能吧。于是，我进一步犯晕，沿着斜坡继续顺溜地下滑，不知对她的热情如何回报似的，竟然指着马路对面我家住的楼对她说："我家就住在那里，你有空，欢迎你到我家做客。"说着把地址写给了她。她高兴地说："太好了，我一定去！"

回到家后，我就把这件意外相逢的事情当作喜帖子，向家里的人讲了，不想立刻遭到全家一盆冷水浇头，纷纷说我："你以为你遇到了知音呢？别是个骗子吧？""可不是，现在骗子可多着呢，你可别忘了，狐狸说几句赞扬的话，是为了骗乌鸦嘴里的肉。""什么？你还把咱家的地址告诉了人家？你傻不傻呀？你就等着人家上门找到你头上来骗你吧！""要真是找上门来，骗几个钱倒没什么，可别出别的事！"……

一下子，说得我发蒙。我一再回忆街头和那个年轻女子的相遇和交谈，不像是个狐狸似的骗子呀，再说，她肯定是读过我写的书，要不也说不出书名，并且能够对照着书上的照片认出我来呀。但家里的人说得也没有错，谁也不会把"骗子"两字写在脑门上，高明的骗子现在越来越多，防不胜防。这么一想，我后悔不迭，而且不禁有些发

虚，嘲笑自己如此可笑，禁不住两碗迷魂汤一灌，就如此容易轻信上当，真是百无一用是书生。一连多天，我都有些提心吊胆，怕房门真的被敲响，开门一看，是这个年轻的女子登门拜访，后果不堪设想。

好在一连好多天过去了，都平安无事。

时间一长，这件事情渐渐被淡忘了。偶尔提起，被家人当作笑话嘲笑我一番。我心里想，即使不是骗子，也只是街头的一次巧遇或萍水相逢，别再犯傻了，被人家两句过年话一说就信以为真。即使人家不骗你，没准还怕你骗人家呢。

将近一年过去了，春节过后，我们全家从天津孩子的姥姥家过完年回家，刚上电梯，开电梯的老太太对我说："你先等我一会儿，前两天有人来找你，你没在家，那人就把带来的东西放在我这里了。"开电梯的老太太是个热心人，住在楼里的人要是不在家，来人送的信件、报纸或其他的东西，都放在她这里。她家就住在楼下，不一会儿，就拿来一包用废报纸包着的东西。回家打开包一看，是两个青青的木瓜。木瓜的旁边有一张小字条，上面写着两行小字，大概意思是：你还记得吗，我就是那天在邮局前和你相遇的人，我一直想来看你，工作太忙了，一直没有时间。我过年回家带给你两个木瓜，是我自己家种的，只是一点心意。祝你写出更多更好的作品！下面没有写下她的名字，只是写着：一个你的读者。

全家都愣在那里，谁都说不出一句话来。

我永远也不会忘记这个年轻而真诚的女子，不会忘记这件事情，不会忘记这两个木瓜。总记得切开木瓜时候的样子，别看皮那样的青，里面却是红红的，格外鲜艳，特别是那独有的清香味道，在房间里弥漫着，好多天没有散去。

2004年元旦试笔于北京

海棠依旧

在北京，有海棠树的四合院很多，其中有一个小院最让我难忘，便是前辈作家叶圣陶先生家的小院，院子里有两棵西府海棠。几乎每年春天开花的时候，叶圣陶先生都要和冰心、俞平伯等几位老友约好，到小院里一起看海棠花。一时，这两棵海棠树很有名。

第一次走进东四八条这座西府海棠掩映的小院，是1963年的暑假，我还只是一个初三的学生。

那一年，在北京市少年儿童征文比赛中，我的一篇作文获奖并得到叶圣陶先生的亲自批改，于是我还得到了叶圣陶先生的接见和教诲。那时我并不知道，是叶至善先生从24篇作文中选了20篇交给他父亲的，其中就有我的那一篇，要不我不会和这座小院结缘。

我和叶至善先生的女儿小沫同岁，同属于"老三届"，都去了北大荒，彼此有信件往来。第一次回家探亲，我和她约好，想到她家看望她的父亲和爷爷，因还在"文革"之中，怕给两位老人带来麻烦，谁想到两位欢迎我们的造访。我和我的弟弟还有一位同学一起来到那座熟悉的小院，叶至善先生已经到河南潢川五七干校放牛去了。只有叶圣陶先生在，他见到我们很高兴，要我们每人演一个节目，老人看

得津津有味。

时值冬日，大雪刚过，白雪红炉，那情景真是难忘。聚会结束，叶圣陶先生还走出小院陪我们照相，就站在西府海棠的下面。只是那海棠已是叶枯干凋，积雪压满枝头，一片肃然。

1972年的冬天，在北大荒得罪了生产队的头头，我被发配到猪号喂猪，成天和一群"猪八戒"厮混，无所事事，一口气写了10篇散文，寄给小沫看，她转给了她的父亲。

那时，叶至善先生刚刚从河南干校回来，赋闲在家，认真地帮我修改了每一篇单薄的习作。我们便有了整整一个冬天的信件往来，他对每篇都提出了具体的意见，有的还帮我一遍遍修改，怕我看不清楚，又特意抄写一份寄我，然后在信中写道："用我们当编辑的行话来说，基本可以'定稿'了。"如他说的一样，我将10篇中的一篇《照相》寄了出去，真的"定稿"了，发表在那年复刊号的《北方文学》上。这是我的处女作，可以说，是叶先生鼓励并帮助我走上了文学之路。

"四人帮"被粉碎不久，中国少年儿童出版社恢复，叶至善先生重新走马上任，着手《儿童文学》杂志复刊的时候，曾经推荐我去那里当编辑。《儿童文学》杂志的同志找到我，那时我刚刚考入大学，没有去成。但我并不知道是他推荐的我，一直到很多年过去，才知道这件事，体会到他的为人，让我感动的同时也让我感慨。叶先生地位不可谓不高，但他总是这样平易近人，谦和，严于律己而宽待他人，替别人想却润物无声。在他家的墙上，曾有这样一副篆字联：得失塞翁马，襟怀孺子牛。此联是叶先生撰，请父亲写的。我想这是叶家父子达观的人生态度和一生追求境界的写照。

叶家小院我虽不常去，偶尔还是会拜访。前些年秋天的一个下午，我去得早了些，走进那座熟悉的小院，又看见那两株西府海棠，这两株树很有意思，叶至善先生说是"很通人性"——"文革"开始时小沫、小沫的弟弟还有至善先生都先后离开了家，海棠枯萎了，后来家人陆续回来，它们又茂盛了起来。如今，海棠依然绿意葱茏，只是有些苍老，疏枝横斜，晒在树上的斑斑点点的阳光，被风吹得摇曳，似乎将往昔的岁月一并摇曳了起来，有些凄迷。

我的心里有点不安，生怕打扰了叶先生的午睡，小沫招呼我进屋，说爸爸早就醒了，等着你呢。叶先生从他父亲睡过的床上下来，走出卧室，伏在他家的旧餐桌上和我交谈。坐在我对面的叶先生已经是银髯飘飘，让我恍然觉得白云苍狗，人老景老，老人的身体已经大不如以前了。那些年，他一直疲于忙碌，编完25卷《叶圣陶集》，又以每天500字的速度写父亲的回忆录，马不停蹄地整整写了20个月，一共写了40万字，不要说是一位八十多岁的老人，就是壮汉又如何扛得下如此重任，他实在有些太辛苦了。在这部回忆录的自序中，他这样写道："时不待我，传记等着发排，我只好再贾余勇，投入对我来说肯定是规模空前，而且必然绝后的一次大练笔了。"

那天，临别走出屋子，来到院里，我和小沫在那两株熟悉的西府海棠树下站了很久，说了一会儿话。

午后的阳光很温暖，能看见枝头上青青的小海棠果在阳光中闪烁。我想起叶圣陶先生去世之前的春天，叶先生陪着父亲和冰心先生一起在这个小院看海棠花的情景。

那天风很大，却在冰心到来的时候停了；那天，海棠花开得很旺。

如今，海棠依旧，年年花开。叶圣陶和叶至善两位老人都已经不在了。

美丽的手语

我第一次发现手语竟那么的美，是看中国残疾人艺术团的演出。那些聋哑的男孩女孩，站在舞台上，英姿飒爽，是那样的漂亮。尽管他们说不出一句话来，那无限丰富的表情与表达，却都倾诉在他们手指间的变化之中。他们的手指带动着整个手臂舞动着，是那样的充满韵律。我想起风中的树林，那一排排树木摇曳多姿的枝条，和尽情摇摆着的树叶，只有它们像是他们美丽的手语。

还有就是麦尔民（M. Nermin），是一位漂亮的土耳其中年女人，她站在这些可爱孩子旁边，用手语为孩子们报幕。她的手语，也是那样的漂亮，婀娜多姿，灵舞轻扬，和聋哑孩子们相得益彰，像是此起彼伏的浪花，彼此呼应着，富于律动。

那是在伊斯坦布尔。

也许，是我的见识有限，在此之前，我从来没有见过手语竟然也可以这样的漂亮迷人，是他们把手语化为了艺术。

第二天晚上演出前，在餐厅里，我意外见到了麦尔民。她端着餐盘正好坐在我的旁边，便聊了起来。我知道了她是土耳其 TRT 国家电视台手语节目的主持人，在土耳其非常有名，类似我们的敬一丹。她

肖 复 兴
散 文 精 选

告诉我,在9岁之前,她一直以为手语就是人的唯一语言,因为那时在远离伊斯坦布尔的农村,她和她的父母生活在一起,她的父母是聋哑人,她从小和父母学的手语,靠的就是手语来和外界联系,并认知世界。中学毕业后,她没有上大学,直接参加了工作,她希望用自己的手语为聋哑人服务。25岁的那一年,她发现电视中没有专门的聋哑节目。她希望填补这个空白,便给电视台的台长发去一份传真。如我们这里的许多事情一样常常是杳无回音,但是,她没有灰心,每周准时发去一份传真,一发发了5年,5年始终没有回音。她知道可能是石沉大海,却也相信能够水滴石穿。再发,依然是每周一份传真,一直发到心诚则灵石头开花,一直发到电视台来了一位新台长,感动并同意了她执着的想法。她成了土耳其国家电视台第一位也是唯一一位手语节目的主持人。

她告诉我她在电视台整整干了十年。她又对我说在土耳其有300万聋哑人,也就是说不到20人里就有一个是聋哑人。她要做的就是让这个喧嚣的世界不要忘记他们,而给予他们更多的关爱。这时,她的手机响了,接过手机之后,她匆忙地站起身来,对我说:真抱歉,我的妈妈来了,在剧场门口等我。她的妈妈是专门来看今晚的演出的。

我和她一起走出餐厅,急急地向剧场走去。我很想看看她的聋哑妈妈是什么样子的。她远远地就看见了她的妈妈,跑了过去,那是一个慈祥的胖老太太,我想年轻的时候和她一样的漂亮吧?我站在旁边,看她们母女俩用手语交谈着,大概是在介绍我,一个不期而遇的中国朋友。在迷离的灯光下,她们的手语像波浪一样起伏着,像树枝一样摇曳着,无声而温馨,真的很美。如果说在此之前说人的手指和手臂也如脸上的笑靥和眼睛里的笑意一样动人,我是不大相信的,但现在我不仅相信了,而且觉得手语真是在丰富着人类的表情与语言,甚至相信我们现代的舞蹈语汇肯定从手语中汲取过营养,否则肢体语言不

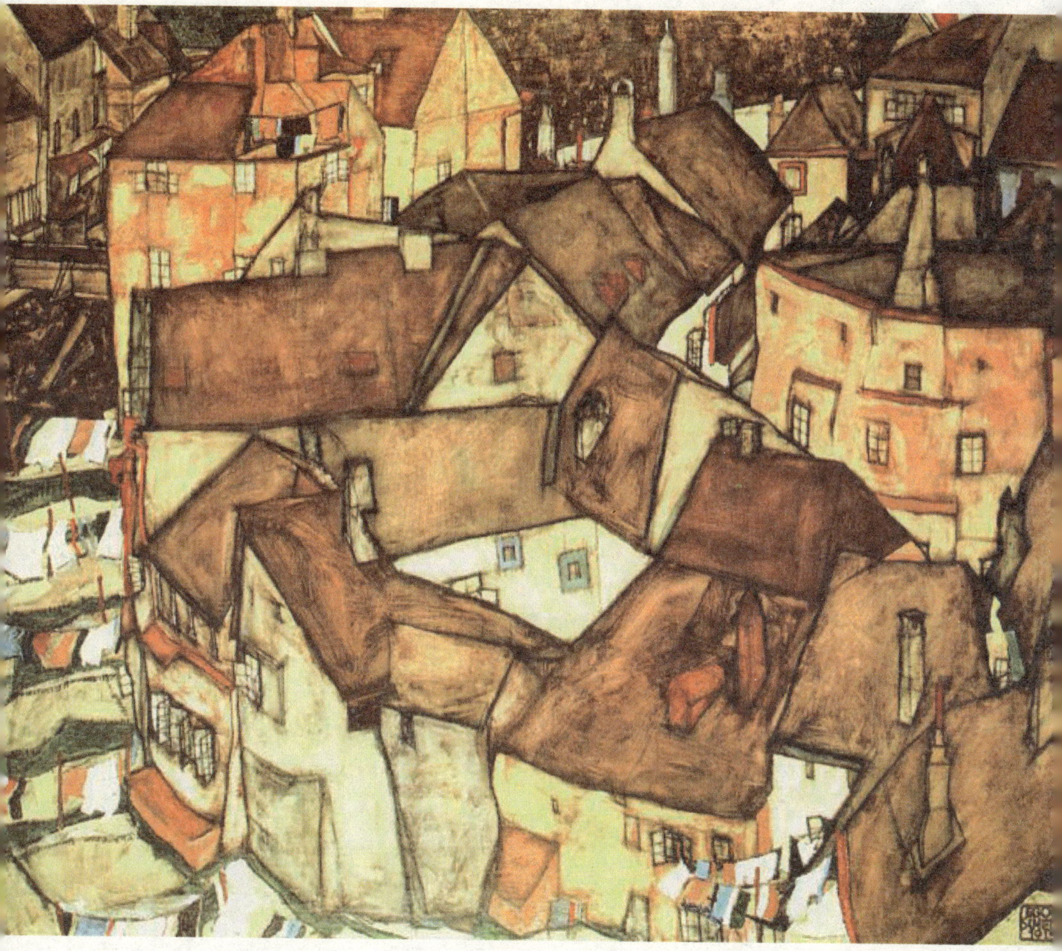

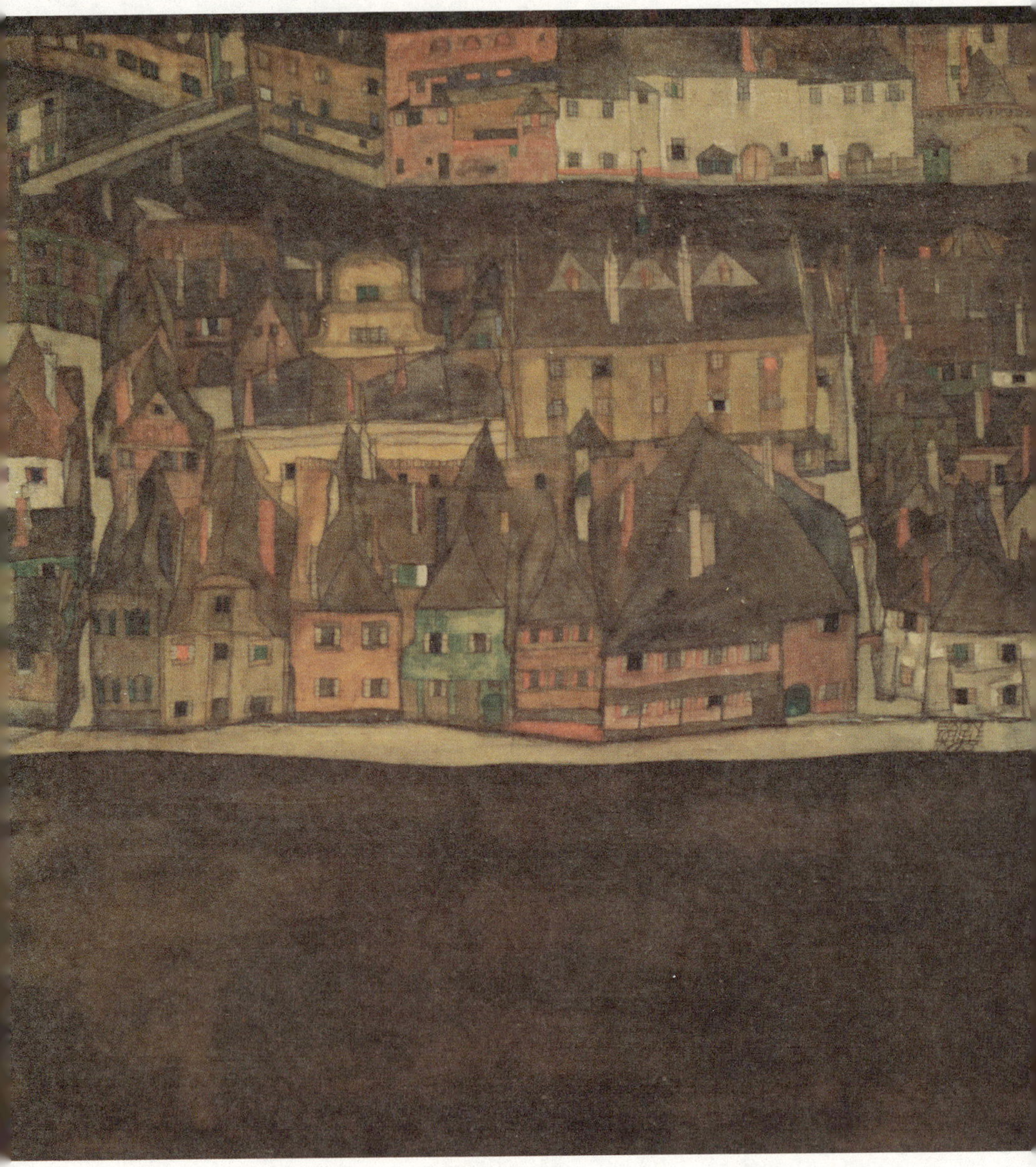

能够与聋哑人的手语有那样的相似和延伸。她说在土耳其有 300 万聋哑人，我不知道在我们中国有多少聋哑人，我只知道在我们中国没有一个如她一样主持的聋哑人的专门节目，我们的聋哑主持人只能在越来越大的电视屏幕上偏于一隅。

  最后一场演出结束的时候，我看见麦尔民走下舞台，远远地和台上的聋哑孩子们招手，打着手语，相互致意，迟迟不肯分离。在聋哑人之间，手语成了不用翻译的国际语言，能够迅速地沟通起陌生而遥远的心。虽然，麦尔民和那些聋哑孩子的手语我什么也看不懂，但他们彼此之间却会心会意，即使隔着再远的距离，那美丽的手语也如同轻盈的鸟一样，能够迅速地从那个枝头飞落在这个枝头，衔接起彼此的情意。那是有声的语言无法比拟的。

2003 年 5 月 28 日于北京

蓖麻籽的灵感

我当过整整十年的老师,小学、中学、大学都教过。当惯了老师都讲究师道尊严,面对学生,觉得自己一贯正确。其实,老师常有马失前蹄的时候。

我教过的一位女高中生,对我讲过她自己这样一件事。

小学一年级时,发展第一批同学入队前,上学路上,她和一个小男孩一起走。小男孩先天残疾,半路上挨了一个大男孩的打。她很气不过,冲上前一拳朝大男孩打去。谁知这一拳正巧打在大男孩的鼻梁上。小男孩挨欺负没流血,大男孩欺负人反倒鲜血直流。事情就是这样的反差古怪,她被班主任老师——一位慈祥的老太太叫到办公室,挨了批评。批评的原因,在老师看来,很是简单明了:大男孩鼻子流的血是如此显山显水。

第一批入队的名单里,没有了她。

她回家后,不吃不喝,气得病了。父母问她为什么,她不说话,自己和自己置气。这很符合孩子的特点,疙瘩就这样系上了,如果解不开,很可能会改变一个孩子一生的性格,乃至对整个生活的态度。孩子的事,就是这样的细小,大人们会觉得没什么大事,但在孩子柔

弱的心里，却是没有小事的。

几天过后，那位老太太——她的班主任老师来到她家，手里拿着一条红领巾，还有一包蓖麻籽。老师把红领巾戴在她的脖子上，把蓖麻籽送给了她的父亲，说了好多的话，有一句，她至今记忆犹新："这孩子像蓖麻籽一样有刺儿！"

那个年代里，校园内外，种了许多蓖麻。它们可以炼油，蓖麻籽曾伴我们这一代人度过肚内缺少油水的饥饿时光。现在的校园里，名贵的花草树木已经很多，很难见到蓖麻，学生对蓖麻陌生了。

这位女老师，用自己独特的方式，向比自己小几十岁的学生承认了自己的过错。我不知道她在送学生红领巾的时候，怎么会灵机一动，突然想起了蓖麻籽？这绝对是灵感，蓖麻籽使得老师认错这一简单的事情，化为了艺术，化为了她的学生一辈子永不褪色的美好回忆。

我相信，再高明的老师，也会有闪失的时候。闪失过后，向自己的学生低头认错已是很难；再将这认错的过程化为艺术，则不是每一位老师都能做到的。

16年前，我在北京一所中学里教高三语文并担任班主任，就在那一年的夏天，我考入了大学。即将离开这所中学的时候，班上发生了这样一件事：坐在最后一排一位高个子的女学生的钢笔不翼而飞。如果是一支普通的钢笔，倒也罢了，偏偏是她的父亲在国外为她买的一支造型奇特、颜色鲜艳的钢笔。那时候，国门尚未打开，舶来品很是让人羡慕，让人眼睛为之一亮。

丢失钢笔后，她向我报告时，我看到她眼泪汪汪的，而她同桌的一个男同学，则得意而诡黠地笑。这家伙平常就调皮捣蛋，是班上有名的嘎杂子琉璃球。我当时有些不冷静，一准认定是这小子犯的坏，班上只有他才会搞这种恶作剧。我立即叫他站起来，他偏偏不站起来，拧着脖子问我："凭什么叫我站起来？又不是我偷的钢笔！"我反问

059

他:"不是你偷的,你笑什么?"他反倒又笑了起来,而且比刚才笑得更凶:"笑还不允许了?我想笑就笑!"

唇枪舌剑,话赶话,火拱火,一气之下,我指着他的鼻子,让他立马给我离开(差点没说出"滚出")教室!他更不干了,坐在那儿愣是不走;全班同学都把目光集中在我和他的身上,我更加不冷静,走上前去,一把揪起他,拖死狗一样,拖他往教室门口走去。他的劲很大,使劲挣巴着,和我在拔河。

当了十年的老师,只有这一次,我竟和学生动了手。

第二天,这位女同学就找到了钢笔。她放错了地方,还愣往铅笔盒里找!没过多少天,我就离开了这所中学。到大学报到前,班上许多学生到我家来为我送行。没有想到,其中竟有这个被我揪起来的男同学。

我很感动。我觉得很对不起他,是我冤枉了他,而且对他还动了手。我不知道该如何表达。向他认个错?我缺乏勇气,脸皮也薄。自然,我也就没能如那位老太太一样,突然萌发出蓖麻籽的灵感。我当了十年的老师,却没有掌握当老师的这门独特艺术。

偶尔想起那个倔头倔脑的男同学。算算,他现在快四十了吧。

偶尔也想起蓖麻籽。如今北京城真的已经很少能见到蓖麻了。

1994年9月1日开学第一天

鲫鱼汤

有些事很难忘记。大学毕业那年暑假,我回北大荒一趟。那时,知青返乡热还没兴起,我是我们生产队乃至全农场第一个回去的知青,乡亲们都还健在,心气很高。过佳木斯,过富锦,过七星河,我赶回我曾经待过的大兴岛二队的上午,队上已经特意杀了一头猪,在两家老乡家摆出了阵势,热闹得像准备过年。

几乎全队的人都聚集在那里,等着和我一醉方休。挨个乡亲,我仔细看了一周遭,发现只有车老板大老张没有来。我问大老张哪儿去了?几乎所有人都笑了起来,七嘴八舌地叫道:喝晕过去了呗!得等着中午见了!

大老张是我们队上有名的酒鬼。一天三顿酒,一清早起来,第一件事是摸酒瓶子,赶车出工的时候,腰间别着酒葫芦,什么时候想喝,就得咪上一口。有时候,去富锦县城拉东西,回来天落黑了,他又喝多了,迷了路,幸亏老马识途,要不非陷进草甸子里,回不了家。

不过,大老张干活不惜力,他长得人高马大,一膀子力气,麦收豆收,满满一车的麦子和豆子,他都是一个人装车卸车,不需要帮手。需要帮手的时候,他爱叫上我。因为他爱叫我给他讲故事,他最爱听

肖　复　兴

散　文　精　选

"水浒"。我们俩常常为争谁坐"水浒"里的第一把交椅而掰扯不清，我说是豹子头林冲，他非要说是阮小二，因为阮小二是打鱼的，他家祖上也是打鱼的。那都是哪辈子的事了？自从他爷爷闯关东之后，他就会赶马车。

那时候，知道我和大老张关系不错，大老张老婆老找我，让我劝大老张少喝点儿。每一次劝，大老张都会说：停水停电不停酒！然后，接着雷打不动地喝。

那天午饭，我也没少喝。两户人家，屋里屋外，炕上炕下，摆了好几桌，杀猪菜尽情地招呼，乡亲们问我这个人怎么样，那个人又怎么样，一个个的知青，都关心地问了个遍。就着北大荒酒的酒劲，乡亲们的热情，一浪高过一浪。

午饭快要结束的时候，院子里传来了粗葫芦大嗓门，叫着我的名字：肖复兴在哪儿了？一听，就是大老张，这家伙，真的是等到中午才来？早晨的酒劲儿过去了，又接着中午这一顿续上了？我赶紧起身叫道：我在这儿！他已经走进了屋，大手一扬，冲我叫道：看我给你弄什么来了。我定睛一看，他手里拎着两条小鱼。那鱼很小，顶多有两寸来长。他接着对我说：一清早我就到七星河给你钓鱼去了，今天真是邪性，钓了一上午，钓到了现在，就钓上这么两条小鲫瓜子！说着，他把鱼递给身边的一个妇女，嘱咐她：去给肖复兴炖汤喝，我就知道你们吃的什么都有，就是没有鱼！

有人调侃大老张：我们还以为你喝晕过去了呢！大老张很一本正经地说：今儿我可是一滴酒还都没有喝呢，我说什么也得给咱们肖复兴钓鱼去，弄碗鱼汤喝呀！酒喝多了，鱼怎么钓？这话说得我心头一热。自从认识大老张以来，这是他第一次一上午滴酒未沾。

鲫鱼汤炖好了，端上来，只有小小的一碗。炖鱼的那个妇女说：鱼实在是太小了！大家都让我喝，说这可是大老张的一片心意！这时

候，大老张已经喝多了，顾不上鲫鱼汤，只管呼呼大睡。满是胡子茬的大嘴一张一合吐着气，像鱼嘴张开吐着泡泡；浑身是七星河畔水草的气味。

　　什么时候，有过一个人，整整一个上午，为让你喝上一碗鱼汤，而为你专门去钓鱼？我的心里说不出的感动。单木不成林，一个地方，之所以让你怀念，让你千里万里想再回去看看，不仅仅是那个地方让你难忘，更是有人让你难忘。

　　我永远难忘那碗小小的鲫鱼汤，汤熬成了奶白色，放了一个红辣椒，几片香菜，色彩那样的好看，味道那样的鲜美。算一算，35年过去了，七星河还在，但是，钓鱼的人不在了。那个唯一一个上午忍着酒虫子钻心而专心坐在那里，专门为你钓鱼的人不在了。

杏花如雪

两年前的春天,我对面一楼的房子易主。新主人是位 40 岁左右的妇女,带着一个 10 多岁的女儿。她们娘儿俩住进之后,一天到晚脚不拾闲地忙乎,主要在收拾屋子。上一家的主人有些邋遢,弄得屋子凌乱不堪。收拾完屋子,她们又马不停蹄地收拾院子。一楼的住户前面都有一个朝阳的小院,一般人家种些花草或蔬菜,收拾得干净利索,既美观又实用。这个院子却和屋子一样凌乱,懒人有懒办法,为了遮掩屋子的凌乱,搭了木架子,种了一架藤蔓式的植物,不知道叫什么名字,起码夏秋两季绿叶密不透风,从窗台爬满房檐,根本看不见屋子的模样。院子里,杂草丛生,冬天,几只野猫在那里猫冬。把屋子和院子收拾利索之后,娘儿俩买来了三棵小树。汽车把树拉来,工人把树扛到院里,和娘儿俩一起把树种下。正是春天花红柳绿的时候,小树的枝叶葱茏,绿得格外清新,给小院一下子带来了春天的气息。枝叶摇曳在窗前和门前,屋子也显得神清气爽。

几乎每天下楼,我都会和这娘儿俩打照面。彼此寒暄之后,渐渐熟络了起来。我问她们这种的是什么树?她们告诉我是杏树。我吃过杏,从来没见过杏树。或许见过,但并不认识。我知道杏树开白花,

但梨树也开白花，山桃最初开出的小花也是白色的。分不清这三种树，闲聊时候，便好奇地请教她们娘儿俩。

母亲长得有点儿像演员张凯丽，大脸膛，慈眉善目，脾气柔顺，很耐心地告诉我：山桃开花早，这三种树，山桃最先开。然后，杏花才开；最后，梨花才开。梨花一般要到清明前后才开的。你分清这前后的次序，就好分辨了。女儿性子急，对我说：等明年，春天这三棵杏树开花了，你看看，不就知道了嘛！母亲笑着指责女儿：看你这孩子！哪儿有这么跟大人说话的。

我依然好奇，母亲怎么知道这么多，分得清桃杏梨花的。

母亲对我说：从小在农村长大。原来老家屋前就种着杏树……女儿抢过母亲的话说：是我姥姥种的，种了好多棵，结的大白杏，可好吃呢！母亲望着女儿，又笑了起来。

她们娘儿俩在这里住了两个多月，夏天刚刚到来的时候，来了一辆宝马小汽车，从车上下来一个男人，像是女孩的父亲，帮她们从屋子里扛出行李等好多东西，锁上了大门，像是要离开的样子。

我很奇怪，刚买了房子，住了才两个多月，就要走。不住了吗？那买的房子是为了投资吗？如果是为了投资，人又不住，一般不会花那么多钱在房前种树呀，是为了给房子增值吗？

我走过去，问母亲：你这是要去哪儿啊？

母亲告诉我：我家住沈阳，这不，孩子她爸爸来接我们回去了，在这里住的时间不短了，家里也需要照顾。

我又问她：你什么时候回来呀？她说：明年，明年开春就回来，带我妈一起回来，买这个房子，就是为了给我妈住的。老太太在农村辛苦一辈子了，我爸爸前不久去世了，就剩下老太太一个人，想让她到城里享享福。孩子她爸爸说到沈阳住，我就对孩子她爸爸说，这些年，你做生意挣了钱，不差这点儿钱，老太太就想去北京，就满足老

肖　复　兴
散 文 精 选

太太的愿望吧！到时候，我就提前办了退休手续，让孩子她爸爸把公司开到北京来，一起陪陪老太太。

她说着，瞥了一眼站在旁边的孩子她爸爸，他搂着女儿，偷偷地笑。

这不，老太太稀罕老家门前的杏树，我特意先来北京买房，把杏树顺便也种上，明年，老太太来的时候，就能看见杏花开了！

听了她的这一番话，我的心里挺感动，难得有这样孝顺贴心的孩子。当然，也得有钱，如今在北京买一套房，没有足够的"兵力"支撑，老太太再美好的愿望、女儿再孝敬的心意，都是白搭。还得说了，有钱的主儿多了，也得舍得给老人花钱，老人的愿望，才不会是海市蜃楼，空梦一场。

我不由得冲她，也冲她的男人竖起了大拇哥。

明年见！她钻进小车，冲我挥挥手，汽车扬尘而去。第二年的春天，她家门前的三棵杏树都开花了。别看杏树长得都不高，开出的花却密密实实的，非常繁茂。我仔细看杏花，和山桃，和梨花，都是五瓣，都是白色，还是分不清它们，好像它们是一母同生的三胞姊妹。

可是，这家人都没有来。杏花落了一地，厚厚一层，洁白如雪。房门还是紧锁着。

今年的春天，杏花又开了，又落了一地，洁白如雪。依然没有看到这家人来。这让我有些奇怪，怎么说好了，一连两年都没有来呢？也可能是她还远远不到退休的年龄，办不成退休的手续；或者是孩子她爸爸的生意忙，脱不开身。反正房子是先买下了，重头戏先有了，早一年，晚一年，都不是紧要的事。

家里人嘲笑我是闲吃萝卜淡操心，人家的老太太来不来的，肯定有人家的原因。可是，只要一想起不仅能够为自己的母亲买下北京那么贵的房子，还能够为自己的母亲种下钟情的三棵杏树，这样的女人，

真不是一般的女人,不是所有的人,都能够做到这样的。心里便总有些挂念,真想见见这位怎么就这么有福气的老太太。

一地杏花,那么的厚,被风也一点点地吹干净了。叶子长出来了,先小后大,先红后绿,三棵杏树换装了,似乎不急了,静静地等候着来年春天再开花的时候迎接主人。

清明到了,梨花一片雪,替班一样,接替了杏花,用几乎同样的容颜装扮着这个渐行渐远的春天。对面一楼那座房子还是空着,长满绿叶的杏树,寂寞无主,摇曳在门前和窗前。

清明过后的一个夜晚,我忽然看见对面一楼房子的灯亮了。主人回来了。尽管没有赶上杏花盛开,毕竟还是回来了。忽然,心里高兴起来,为那个孝顺的女人,为那个从未见过面的老太太。

第二天上午,我在院子里看见了那个女人,触目惊心的是,她的臂膀上戴着黑纱。问起来才知道,去年春天要来北京的时候,老太太查出了病,住进了医院,盼望着老太太病好,却没有想到老太太没有熬过去年的冬天。今年清明,把母亲的骨灰埋葬在老家,祭扫之后,她就一个人来到北京。

她有些伤感地告诉我,这次来北京,是要把房子卖了。母亲不来住了,房子没有意义了。

房子卖了,三棵杏树还在。每年的春天,还会花开一片如雪。

那一排钻天杨

四十多年前,从北大荒回到北京不久,我搬家到陶然亭南。那里建有一排排红砖房的宿舍,住着的都是修地铁复员转业落户在北京的铁道兵。之所以从城里换房来到这里,是因为这里很清静,而且每户房前,有一个很宽敞的小院。

走出那片宿舍,有一条砂石小路通往大道,那里有一个公交车站,可以乘车坐几站到陶然亭,再坐一站,就到了虎坊桥。公交车站对面,马路旁有一排新栽不久的钻天杨,瘦弱的树后有两间同样瘦弱的小平房,这是一家小小的副食品商店,卖些油盐酱醋,同时兼管每天牛奶的发送。

买牛奶,需要事先缴纳一个月的牛奶钱,然后发一个证,每天黄昏到副食品店凭证取奶。母亲那一阵子大病初愈,我给她订了一袋牛奶。由于每天到那里取奶,我和店里的售货员很熟。店里一共就两位售货员,都是女的,一个岁数大些,一个很年轻。年轻的那一位,刚来不久。她个子不太高,面容清秀,长得纤弱,人很直爽,快言快语。熟了之后,她曾经不好意思地告诉我:没考上大学,家里非催着赶紧找工作,只好到这里上班。

知道我在中学里当老师，她让我帮她找一些高考复习材料，她想明年接着考。我鼓励她：对，明年接着考！有这个心劲儿，最重要！她又听说我爱看书，还写点儿东西在报刊上发表，对我另眼相看。每次去那里取奶或买东西，她都爱和我说话。

有一天，我去取奶，她特别兴奋，有些神秘兮兮地问我：今天在虎坊桥倒车，看见路旁的宣传栏里，用毛笔抄着两首诗，上面写着您的名字，那诗真的是您写的吗？

她说的那个宣传栏，是《诗刊》杂志社办的。那时候，《诗刊》刚刚复刊，工作人员会从每一期新出的《诗刊》挑选一些诗，抄在大白纸上，贴在宣传栏里。这个宣传栏，和当时《光明日报》的报栏相隔不远，成为虎坊桥的两大景观，常会吸引过往的行人驻足观看。百废待兴的新时代，一切都让人感到有种生气氤氲在萌动。那是我发表的第一组诗，也是唯一的一组。没有想到，她居然看到，而且，比我还要兴奋。

她对我说：您要是我们的语文老师就好了！我觉得她的嘴巴挺甜，在有意地恭维我，但很受听。

那时候，买麻酱要证；买香油要票；带鱼则只有过春节才有。打香油的时候，都得用一个老式的长把儿小吊勺作为量器，盛满之后，通过漏斗倒进瓶里，手稍微抖搂一下，就会使盛进瓶里的香油的分量大不相同。每月每家只有二两香油的定量，各家打香油的时候，都不错眼珠儿地紧盯着，生怕售货员手那么一抖搂，自己吃了亏。每一次我去打香油，她都会满满打上来，动作麻利。每一次我去买带鱼，她会把早挑好的大一些宽一些的带鱼，从台子底下拿给我。我感受到她的一番好意。那是那个时候她最大的能力了。

除了书和杂志，我无以相报。好在她爱看书，她说她以前是班上的语文课代表。我把看过的杂志和旧书借给她看，或者索性送给她。

她几乎比我教的学生大不了一两岁,所以,她见到我就叫我肖老师,我知道她姓冯,管她叫小冯同学。

有一次,她看完我借给她的一本契诃夫小说选,还书的时候对我说:以前我们语文课本学过他的《变色龙》和《万卡》。我问她读完这本书,最喜欢哪一篇?她笑了:这我说不上来,那篇《跳来跳去的女人》,我没看懂,但觉得特别有意思,和以前学的课文不大一样。

我妈管这个副食店叫小铺,这是上一辈人的老叫法。在以往老北京大一些的胡同里,都会有着一个或两个副食店,方便百姓买东西,要是一个街巷没有小铺,总觉得像缺了点儿什么。所以,小铺里的售货员和街里街坊很熟络,街坊们像我现在称呼小冯同学一样,也是对售货员直呼其名的。这是农耕时代的商业特点,小本小利,彼此信任。年纪大的那位售货员指着小冯对我说,副食店刚建时我就来了,那时候和她年纪差不多。这一晃,十多年过去了。

日子真的不抗混,十多年,在老售货员眼里,弹指一挥间,在年轻的售货员眼里,却显得那么遥远。她曾经悄悄地对我说:您说要是我也在这里待上十多年,可怎么个熬法儿?她不喜欢待在这么个小铺里卖一辈子香油麻酱和带鱼,她告诉我想复读,明年重新参加高考。

那一年,中断了整整十年的高考刚刚恢复。因为母亲的病,我没有参加这第一次高考。她参加了,却没有考上。第二年,也就是1978年的夏天,我和她相互鼓励着,一起到木樨园中学参加高考的考试。记得考试的第一天,木樨园中学门口的人乌泱乌泱的,黑压压拥挤成一团。我去得很早,她比我去得还早,正站在一棵大槐树下,远远地冲我挥手。槐花落了一地,清晨的阳光透过密密的树叶,在她身上跳跃着斑斑点点的光闪。

高考放榜,我考上了,她没考上,差的分比前一年还多。从此以后,她不再提高考的事了,老老实实在副食店上班。

我读大学四年期间,把病刚好的母亲送到外地姐姐家,自己住学院的宿舍,很少回家,和她见面少了,几乎断了音信。

六年过后,我搬家离开了地铁宿舍。那时候,正是文学复兴的时期,各地兴办的文学杂志风起云涌,这样的杂志,我家有很多,一期一期地积累着,舍不得扔,搬家之前收拾东西,才发现这些旧杂志把床铺底下挤得满满堂堂。便想起了这位小冯同学,她爱看书,把这些杂志送给她好。

捆好一摞杂志,心里想,都有六年没见她了,她会不会不在那儿了?抱着试一试的想法,我来到副食店,一眼就看见她坐在柜台里。看见我进来,她忙走了出来,笑吟吟地叫我。我这才注意,她挺着个大肚子,小山包一样,起码有七八个月了。我惊讶地问道:这么快,你都结婚了?

她笑着说:还快呢,我25岁都过了小半年!我们有同学都早有孩子了呢!

日子过得还不够快吗?我大学毕业都两年多了,一天天过去的日子,磨炼着人,也改造着人,就像罗大佑歌里唱的那样:流水它带走光阴的故事,改变了一个人。

我把杂志给了她,问她:家里还有好多,本来想你要是还想要的话,让你跟我回家去拿。看你这样子,还是我给你再送过来吧!她摆摆手说:谢谢您了。您不知道,自打结婚以后,天天忙得后脚跟到后脑勺,哪还顾得上看书啊!前两年,听说您出了第一本书,我还专门跑到书店里买了一本,不瞒您说,到现在还没看完呢!说罢,她咯咯笑了起来。

话虽这么说,她还是跟店里的那位老大姐请了假,要和我回家取杂志。我对她说,你挺着大肚子不方便,就别跑了,待会儿我给你送来!她一摆手说:那哪儿行啊!那显得我的心多不诚呀!便跟着我回

肖 复 兴
散 文 精 选

家抱回好多本杂志，我只好帮她提着一大摞，护送她回到副食店，对她说：这么沉，你怎么拿回家？她说：一会儿打电话，让孩子他爸来帮我扛回家。这可是我们一家三口的宝贝呀！说完，她咯咯又笑了起来。旁边那位老大姐售货员指着她说：见天就知道笑，跟得了什么喜帖子似的！

那天告别时，她挺着大肚子，特意送我走出副食店。正是四月开春的季节，路旁那一排钻天杨的枝头露出了鹅黄色的小叶子，迎风摇曳，格外明亮打眼。在这里住了小九年，我似乎是第一次发现这钻天杨的小叶子这么清新，这么好看。

她见我看树，挺着肚子，伸出手臂，比画着高矮，对我说：我刚到副食店上班的时候，它们才这么高。我一蹦就能够着叶子，现在它们都长这么高了。

从那以后，我再没见过小冯同学。

前些日子，我参加一个会议，到一座宾馆报到。那座宾馆新建没几年，设计和装潢都很考究，宽阔的大厅里，从天而降的瀑布一般的吊灯，晶光闪烁。一位身穿藏蓝色职业西式裙装的女士，大老远挥着手臂径直走到我的面前，伸出手来笑吟吟地问我：您是肖老师吧？我点点头，握了握她的手。她又问我：您还认得出我来吗？起初，我真的没有认出她，以为她是会议负责接待的人。她笑着说：我就知道您认不出我来了，我是小冯呀！看我盯着她发愣，她补充道：地铁宿舍那个副食店的小冯，您忘了吗？

我忽然想起来了，但是，真的不敢认了，她似乎比以前更漂亮了，个子高了许多，也显得比实际年龄要年轻许多。那一刻的犹豫之间，她已经伸开双臂，紧紧地拥抱了我。

我对她说了第一眼见到她的感受，她咯咯笑了起来，说：还年轻呢？明年就整六十了。个子还能长高？您看看，我穿着多高的高跟

鞋呢！

她还是那么直爽，言谈笑语的眉眼之间，恢复了以前的样子，仿佛岁月倒流，昔日重现。

她一直陪着我报到领取会议文件和房间钥匙，又陪着我乘电梯上楼，找到住宿的房间。我一直都认为她是会议的接待者，正想问问她是什么时候从副食店跳槽的，她的手机响了。她接电话的时候，我听出来了，她是这家宾馆的副总，电话那边在催她去开会。我忙对她说：快去忙你的吧！

她不好意思地说：您看，我是专门等您的。我在会议名单上看到您的名字，就一直等着这一天呢！我和您有三十多年没有见了。今晚，我得请您吃饭！我已经订好了房间，请我们宾馆最好的厨师，为您做几道拿手好菜！您可一定等着我呀！

晚餐丰盛又美味。边吃边谈，我知道了她的经历：生完孩子没多久，她就辞掉副食店的工作，在家带孩子，孩子上幼儿园后，她不甘心总这么憋在家里，用她自己的话说"还不把我变成甜面酱里的大尾巴蛆？"便和丈夫一起下海折腾，折腾得一溜儿够，赔了钱，也赚了钱，最后合伙投资承包了这个宾馆，她忙里忙外，统管这里的一切。

她说：中学毕业去副食店工作，到今年整整四十年。您看看这四十年我是怎么过来的！

我说：你过得够好的了！这不是芝麻开花节节高吗？

她咯咯地笑了起来：还节节高呢！您忘了您借给我的那本契诃夫小说选了吗？您说我像不像那个跳来跳去的女人？

我也笑了。很多往事，借助于书本迅速复活，立刻像点燃的烟花一样明亮。

那天晚上分手的时候，我问她，那个小小的副食店，现在还有吗？

她忍不住又笑了起来：那么小跟芝麻粒一样的副食店，现在还能有吗？早被连锁的超市取代了。然后，她又对我说，一看您就是好长时间没到那边去过了。什么时候，我陪您回去看看，怀怀旧？

她告诉我，那一片地铁宿舍，二十多年前就都拆平，盖起了高楼大厦，副食店早被淹没在楼群里了。不过，副食店前路旁那一排钻天杨，倒是没有被砍掉，现在都长得有两三层楼高了，已经成了那个地带的一景儿了呢！

钻天杨，她居然还记得那一排钻天杨。

表叔和阿婆

北京前门一带多会馆，多是为清朝末年的各地进京赶考的秀才修建。事过经年，几番历史风雨剥蚀，当年书店墨香早已荡然无存，如今各类小房如雨后春笋丛生，成为名副其实的大杂院。

粤东会馆便是其中一座。表叔便是这座大院里的一家。为什么唤他表叔，我们大院里的人，谁也说不出子丑寅卯。几十年来，大院无论男女老少都这样唤他。这称谓透着亲切，也杂糅着难以言说的人生况味。

表叔以洁癖闻名全院。下班回家，两件大事：一是擦车，二是擦身。无论冬夏雨雪，雷打不动。擦车与众不同，他要把他那辆自行车调个个儿，车把冲地，两只轮子朝上，活像对付一个双腿朝天不住踢腾的调皮孩子。他更像给孩子洗澡一样认真而仔细，湿布、棉纱、毛巾，轮番招呼，直擦得那车锃亮，能照见人影儿，方才罢手，然后，再去擦身。他从不挂窗帘，永远赤着脊梁，湿毛巾、干毛巾，一通上下左右、斜刺横弋地擦，直擦得身上泛红发热，方解心头之恨一般，心满意足将一盆水倒出屋，从擦车到擦身一系列动作才算完成，绝对是浑然一体，一气呵成，成为大院久演不衰的保留节目。

肖复兴

散文精选

年近五十的表叔至今独身未娶。这很让全院人为他鸣不平。他人缘很好，是一家无线电厂的工程师，院里街坊谁家收音机、电视机出了毛病，都是他出马，手到擒来，不费吹灰之力。偏偏人好命不济，从年轻时就开始走马灯一样介绍对象，竟然天上瓢泼大雨，也未有一滴雨点儿落在他的头顶。究其原委，表叔有个缺陷：说话"大舌头"，那说话声儿有些含混。姑娘一听这声音，便皱起眉头，觉得这声音太刺激耳朵，更妨碍交流。

表叔还有个包袱，实际上是他对象始终未成的最大障碍，便是阿婆。院里人都管表叔的老妈妈叫阿婆，这原由很清爽，老太太是广东人，阿婆是广东人的叫法。自打表叔一家搬进大院，阿婆便是瘫在床上的，吃喝拉撒睡，均无法自理。有的姑娘容忍了表叔的舌头，一见阿婆立刻退避三舍，甚至说点儿不凉不酸或绝情的话。

久经沧海，表叔心静自然凉，觉得天上星星虽多，却没有一颗是为自己亮的，而自己要永远地像一轮太阳，照耀在母亲的身旁。他能够理解并原谅姑娘拒绝自己的爱，包括对自己舌头的鄙夷，却绝不理解更难原谅她们对自己母亲的亵渎。虽然，老人是瘫在床上，但她这一辈子全是为儿子呀！羊羔尚知跪乳以谢母恩，更何况人呢！

街里街坊都庆幸阿婆有福，虽没得到梦寐以求的儿媳妇，毕竟摊上了这么孝顺的儿子。阿婆总觉得自己拖累了儿子，常念叨："都是我这么一个瘫老太婆呀，害得你讨不到老婆！"表叔总这样劝阿婆："我就是没有老婆也不能没有您。您想想，没有您，能有我吗？"表叔粗粗的声音混沌得很，一般人听不大清楚，但阿婆听得真真的，在阿婆听来，那就是天籁之音。

阿婆故去时，表叔已经五十多了。他照样没有找到对象，照样每天雷打不动地擦车、擦身，只是那车再如何精心保养也已见旧。表叔赤裸的脊梁更见薄见瘦，骨架如车轮上的车条一样历历可数。好心的

街坊觉得这么好的表叔，说什么也得帮他找上对象。

只是，表叔的青春已经随阿婆逝去而逝，难再追回。他不抱奢望。觉得爱情不过是小说和电视里的事，离他越来越遥远，只能说说、听听而已。但是，好心的街坊锲而不舍，更何况十个女人九个爱做媒，更何况好女人毕竟不只是小说和电视里有。女人的心最是莫测幽深，有眼眶子浅的，有重财轻貌的，有看文凭像当年看出身一样……也有看重心地超越一切的。几年努力，街坊们终于没有白辛苦，终于有一位四十多岁的女人看中了表叔。

表叔却坚决拒绝。起初，谁也猜不透，有说表叔二分钱小葱拿一把了，也有说一准是女人伤透了表叔的心。一直到去年，表叔突然魂归九泉，追寻阿婆而去，人们才明白，表叔那时已经知道自己身患癌症。

表叔留下许多东西无人继承，其中最醒目的算那辆自行车，干干净净，锃光瓦亮。

1993 年春于北京

无花果

在我们大院里,景家爱侍弄一些花花草草。有一年春天,景家的孩子送来一盆植物,我不认识是什么,有半人多高,铺铺展展的大叶子,挺招人的。

景家屋前有一道宽敞的廊檐,他们家的花花草草,大盆小盆,都摆在廊檐下面,那廊檐简直就成了一道花廊,春天常常招惹蜜蜂蝴蝶在那里飞舞。

唯独这盆新来的植物不开花。我想,可能不像是桃花在春天开花。可是,都快过了夏天,它还是不开花,就像一个人咬紧嘴唇就是不说话一样。我想,它可能像菊花一样,得到秋天才开花吧?这个想法,遭到我们大院猴子的嘲笑。猴子比我大一岁半,高一个年级,那年暑假过后,他就要读四年级了,自以为比我懂得多,远远地指着景家这盆植物,对我说:知道吗?这叫无花果!不开花,只结果!

无花果,我听说过,却是第一次见到。果然,暑假过后,景家的这盆无花果,在叶子间像藏着好多小精灵一样,开始结出了小小的圆嘟嘟的青果子,一颗颗地蹦了出来。

景家原来是个做小买卖的人家,有两个孩子,都各自成家,一个

在外地，一个在北京，偶尔过来看看，景家只住着老两口，这些花花草草，就是老两口的伴儿，每天侍弄它们，给老两口找来很多的乐儿。

景家无花果的果子越长越大，颜色由青变得有些发紫的时候，猴子找到我，远远地指着景家廊檐下的无花果，问我：你吃过无花果吗？我摇摇头，然后问他：你吃过吗？他也摇摇头。那时候，住在我们大院里，大多都是穷孩子，像我，以前见都没见过，无花果是稀罕物，谁能有福气吃过呢？

你敢不敢跟着我一起去景家摘几个无花果吃？猴子这样问我，看我睁大了眼睛，刚说：这不成偷了吗？我妈该……就立刻打断我的话：就知道你不敢！胆子小得像耗子！转身就跑走了。

第二天，在大院门口，我见到猴子，他很得意地对我说：可好吃了！可惜，你没有尝到，那味道，怎么说呢？特甜，还特别的软，里面还有籽儿，特别有嚼劲儿，有股说不出的香味！说心里话，我心里怪痒痒的，馋虫一下子被逗了出来。后悔了吧？让你昨天跟我一起摘，你不去！猴子说着风凉话。

晚上，猴子来我家，把我叫出屋，说：我还是真的又想无花果的味儿了，真的好吃，敢不敢跟我去景家？跟你说，天黑，他们根本看不见咱们！

要说小时候真的是馋，神不知鬼不觉，我跟着猴子溜到景家屋前。窗子里灯光幽暗，廊檐下更是黑乎乎一片，偷偷摘下几颗无花果，真的是谁也发觉不了。可是，我和猴子猫着腰在廊檐下转了一圈，没有看见那盆无花果。我心里想，肯定是昨天猴子没少偷摘，让景家老两口发现了，把无花果搬进屋里了。

果然，猴子趴在门口，伸手招呼我，我走过去一看，无花果真的搬进屋里了，正在景家客厅的地上。猴子轻轻地对我说了句：门没锁，你给我看着点儿，我溜进去，给你摘两个出来。说完，他把门推开一

肖 复 兴
散 文 精 选

条缝儿，像狸猫一样钻了进去，不知道碰到什么东西了，就听"哗啦"一声，惊动了景家老两口，拉亮了电灯，我和猴子，一个在门内，一个在门外，灰溜溜地杵在景家老两口惊讶的目光之下。那天晚上，我和猴子的屁股都各自挨了家长的一顿鞋底子。

在以后好几年的时间里，我几乎都忘记了无花果。直到有一年秋天，猴子找到我，递给我几个乒乓球一样大小的圆嘟嘟的青中带紫的果子，对我说：知道这是什么吗？我认出来了，是无花果，问他：哪儿弄来的？他得意地说：甭问哪儿弄来的，是特意给你留的，尝尝吧！我一口气吃了两个，里面是有籽儿，但特别的小，哪里像他说的那么香，还特别有嚼劲儿？那时，我才知道，其实，猴子和我一样，小时候也没吃过无花果，一直到这时候才第一次吃这玩意儿。

那天半夜，我闹肚子，上吐下泻，没有办法，我爸把我送到医院看急诊。大夫问我白天吃什么东西了，我说没吃什么呀！再一想，是吃了无花果。

不知道为什么，从那以后，我只要一吃无花果，一准儿闹肚子。有一年，在新疆库车的集市上看到卖无花果的，那无花果又大又甜，我禁不住诱惑，吃了两个，夜里就开始上吐下泻，而且发起烧来。

后来，读美国植物学家迈克尔·波伦所著的《植物的欲望》一书。他说，植物与我们人类有一种亲密互惠关系，我们人类自己也是植物物种的设计和欲望的对应物。这实在是大自然的神奇，也是命运对于人类惩戒的象征。

从此以后，我再也不敢吃无花果。我已经好多年没见猴子了，不知道他还敢不敢再吃无花果。

少年护城河

在我童年住的大院里,我和大华曾经是"死对头"。原因其实很简单,大华倒霉就倒霉在他是个"私生子",他一直跟着他小姑过,但谁都没有见过他爸爸,他自己也没见过。这一点,是公开的秘密,全院里的大人孩子都知道。

当时,学校里流行唱一首名字叫《我是一个黑孩子》的歌,其中有这样一句歌词:"我是一个黑孩子,我的家在黑非洲。"我给改了词儿:"我是一个黑孩子,我的家不知在何处……"这里黑孩子的"黑",不是黑人的"黑",而是找不着主儿即"私生子"的意思,我故意唱给大华听,很快就传开了,全院的孩子见到大华,都齐声唱这句词。现在想想,小孩子的是非好恶,就是这样简单,又是这样偏颇,真是欺负人家大华。

大华比我高两年级,那时上小学五年级,长得很壮,论打架,我是打不过他的。之所以敢这样有恃无恐地欺负他,是因为他的小姑脾气很烈,管他很严,如果知道他在外面和哪个孩子打架了,不问青红皂白,总是要让他先从他家的胆瓶里取出鸡毛掸子,然后,撅着屁股,结结实实挨一顿揍。

肖 复 兴

散 文 精 选

我和大华唯一一次动手打架,是在一天放学之后。因为被老师留下训话,出校门时天已经黑了。从学校到我们大院,要经过一条胡同,胡同里有一块刻着"泰山石敢当"的大石碑。由于胡同里没有路灯,漆黑一片,经过那块石碑的时候,突然从后面蹿出一个人影,饿虎扑食一般,就把我按倒在地上,然后,一通拳头如雨,打得我鼻肿眼青,鼻子流出了血。等我从地上爬起来,人影早没有了。但我知道除了大华,不会有别人。

我们两人之间的"仇",因为一句歌词,也因为这一场架,算是打上了一个"死结"。从那以后,我们彼此再也不说话,即使迎面走过,也像不认识一样,擦肩而过。

没有想到,第二年,也就是大华小学毕业升入中学那一年夏天,我的母亲突然去世了。父亲回老家沧县给我找了个"后妈"。一下子,全院的形势发生了逆转,原来跟着我一起冲着大华唱"我是一个黑孩子,我的家不知在何处"的孩子们,开始齐刷刷地对我唱起他们新改编的歌谣:"小白菜呀,地里黄哟;有个孩子,没有娘哟……"

我发现,唯一没有对我唱这个歌的,竟然是大华。这一发现,让我有些吃惊,想起一年多前,我带着一帮孩子,冲着他大唱"我是一个黑孩子,我的家不知在何处",心里有些愧疚,觉得那时候太不懂事,太对不起他。

我很想和他说话,不提过去的事,只是聊聊乒乓球,说说刚刚夺得世界冠军的庄则栋就好。好几次,碰到一起了,却还是开不了口。再次擦肩而过的时候,我看见他的眉毛往上挑了挑,嘴唇动了动,我猜得出,他也开不了这口。或许,只要我们两人谁先开口,一下子就冰释前嫌了。小时候,自尊的脸皮,就是那样的薄。

一直到我上了中学,和他一所学校,参加了学校的游泳队,一周有两次训练,由于他比我高两年级,老师指派他教我总也学不规范的

仰泳动作,我们才第一次开口说话。这一说话,就像开了闸的水,止不住地往下流,从当时的游泳健将穆祥雄,到毛主席畅游长江。过去那点儿过节,就像沙子被水冲得无影无踪,我们一下子成了无话不说的好朋友。童年的心思,有时窄小如韭菜叶,有时又是这样没心没肺,把什么都抛到脑后。只是,我们都小心翼翼地,谁也不去碰过去的往事,谁也不去提"私生子"或"后妈"这令人厌烦的词眼儿。

大华上高一那年春天,他的小姑突然病故,他的生母从山西赶来,要带着他回山西。那天放学回家,刚看见他的生母,他扭头就跑,一直跑到护城河边。那时,穿过北深沟胡同就到了护城河,很近的道。他的生母,还有大院好多人都跑了过去,却只看见河边上大华的书包和一双"白力士鞋",不见他的人影。大家沿河喊他的名字,一直喊到了晚上,也没有见他的人影。街坊们劝大华的生母,兴许孩子早回家了,你也回去吧。大华的生母回家了,但还是没见大华的人影。大华的生母一下子就哭了起来,大家也都以为大华是投河自尽了。

我不信。我知道大华的水性很好,他要是真的想不开,也不会选择投水。夜里,我一个人又跑到护城河边,河水很平静,没有一点儿波纹。我在河边站了很久,突然,我憋足了一口气,双手在嘴边围成一个喇叭,冲着河水大喊了一声:"大华!"没有任何反应。我又喊了第二声:"大华!"只有我自己的回声。心里悄悄想,事不过三,我再喊一声,大华,你可一定得出来呀!我第三声大华落了地,依然没有回应,一下子透心凉,我一屁股坐在地上,再也忍不住哇哇地哭了。

就在这时候,河水有了"哗哗"的响声,一个人影已经游到了河中心,笔直地向我游来。我一眼看出来,是大华!

我知道,我们的友情,从这时候才是真正的开始。一直到现在,只要我们彼此谁有点儿什么事情,不用开口,就像真的有什么心灵感应,有仙人指路一样,保证对方会在第一时间出现在面前。别人都会

肖　复　兴
散　文　精　选

觉得过于神奇，我们两人都相信，这不是什么神奇，是真实的存在。这个真实就是友情。罗曼·罗兰曾经讲过，人的一辈子不会有那么多所谓的朋友，但真正的朋友，一个就足够。

油条佬的棉袄

在我们大院里,牛家兄弟俩,长得都不随爹妈。牛大爷和牛大妈,都是胖子,他们兄弟俩却很瘦削。尤其是等到他们哥俩儿上中学了,身材出落得更是清秀。那时候,我们大院里的大爷大婶们常常拿他们哥俩儿开玩笑,说你们不是你妈亲生的吧?牛大爷和牛大妈在一旁听了,也不说话,就咯咯地笑。

牛大爷和牛大妈就是这样性情的人,一辈子老实。他们在我们老街的十字街口支一口大铁锅,每天早晨在那里炸油条。牛家的油条,在我们那一条街上是有名的,炸得松、软、脆、香、透,这五字诀,全是靠着牛大爷的看家本事。和面加白矾,是衡量本事的第一关;油锅的温度是第二关;油条炸的火候是最后一道关。看似简单的油条,让牛大爷炸出了好生意。牛家兄弟俩,就是靠着牛大爷和牛大妈的炸油条赚的钱长大的。

大牛上高一的时候,小牛上初一。大牛长过了小牛一头多高,而且比小牛长得更英俊,也知道美了,每天上学前照镜子,还用清水抹抹头发,让小分头光亮些。那时候,他特别讨厌我们大院的大人们拿他和自己的爹妈做对比,开玩笑。他也不爱和爹妈一起出门,非不得已，他会和爹妈拉开距离，远远地走在后面。最不能忍受的是学校开家长会，好几次家长会的通知单，他没有拿回家给爹妈看，老师问，就说是爹妈病了。

小牛和哥哥不大一样。他常常帮助爹妈干活儿，星期天休息的时候，他也会帮爹妈炸油条。哥哥的学习成绩一直比他好，在哥哥的面前，他总有点儿抬不起头。于是，牛家也习惯了，大牛一进屋就捧着书本学习，小牛一放学就拿起扫帚扫地干活儿。虽说手心手背都是肉，但在我们大院街坊的眼睛里，牛家两口子有意无意是明显偏向大牛的，就常以开玩笑的口吻，对牛家两口子这样说。牛大爷和牛大妈听了，只是笑，不说话。

大牛高三那年，小牛初三。两人同时毕业，大牛考上了工业学院，小牛考上了一个中专学校。两人都住校，家里就剩下了牛大爷和牛大妈，老两口接着在十字街口炸油条，用沾满油腥儿的钞票，供他们读书。

小牛中专四年毕业后在一家工厂工作，每天又住回家里。大牛五年大学毕业后分配在一家研究所，住进了单位的单身宿舍里，再也没回家住过一天。没两年，大牛就结婚了。结婚前，他回家来了一趟，跟爹妈要钱。具体要了多少钱，街坊们不知道，但街坊们看到大牛走后牛大爷和牛大妈都很生气，平常常见的笑脸没有了。要多少钱，牛大爷和牛大妈都如数给了他，但结婚的大喜日子，他不让牛大爷和牛大妈去，怕给他丢脸。

就是从这以后，牛大爷和牛大妈的身子骨儿开始走了下坡路。没几年的工夫，牛大爷先卧病在床，油条炸不成了。紧接着，牛大妈一个跟头栽倒在地上，送到医院抢救过来，落下了半身瘫痪。家里两个病人，小牛不放心，只好请了长假回家伺候。老两口的吃喝拉撒睡，外带上医院，都是小牛一个人忙乎。大牛倒是回家来看看，但看的主

要目的是跟爹妈要钱。牛大爷躺在床上一声不吭，牛大妈哆哆嗦嗦气得扯过盖在牛大爷身上油渍麻花的破棉袄说，你看看这棉袄，多少年了都舍不得换新的，你爸爸辛辛苦苦炸油条赚钱容易吗？唯一的一次，牛家老两口没有给大牛钱。大牛臊不搭搭地走了，就再也没进这个家门。

牛大爷和牛大妈在病床上躺了有五六年的样子，先后脚地走了。牛大妈是后走的，看着小牛为了伺候他们老两口，连个对象都没有找，心疼得很。但那时候，她的病很重了，说话言语不清，临咽气的时候，指着牛大爷那件油渍麻花的破棉袄，支支吾吾的，不知道什么意思。

将老人下葬之后很久，小牛处理爹妈的东西，看见了父亲的这件破油棉袄，舍不得扔。他拿起棉袄，忽然发现很沉，抖落了一下，里面哗哗响。他用手摸摸，棉袄里面好像有什么东西。他忍不住拆开了棉袄，棉花中间夹着的竟然是一张张十元钱的票子。那时候，十元钱就属于大票子了。我爸爸行政20级，每月只拿70元的工资。这时候，小牛才想起了母亲临终前那个动作的含义。

这之后，小牛就离开我们的大院。以后我再也没有见到他们哥俩儿。

五十多年的时光过去了，往事突然复活，是因为前些日子，我听到台湾歌手张宇唱的一首老歌，名字叫作《蛋佬的棉袄》。他唱的是一个卖鸡蛋的蛋佬，年轻时不理解母亲，但母亲去世后却发现棉袄里母亲为他藏着有一根金条。"蛋佬恨自己没能回报，夜夜狂啸，成了午夜凄厉的调……他那件棉袄，四季都不肯脱掉。"唱得一往情深，让我鼻酸，禁不住想起牛大爷那件炸油条的破油棉袄。

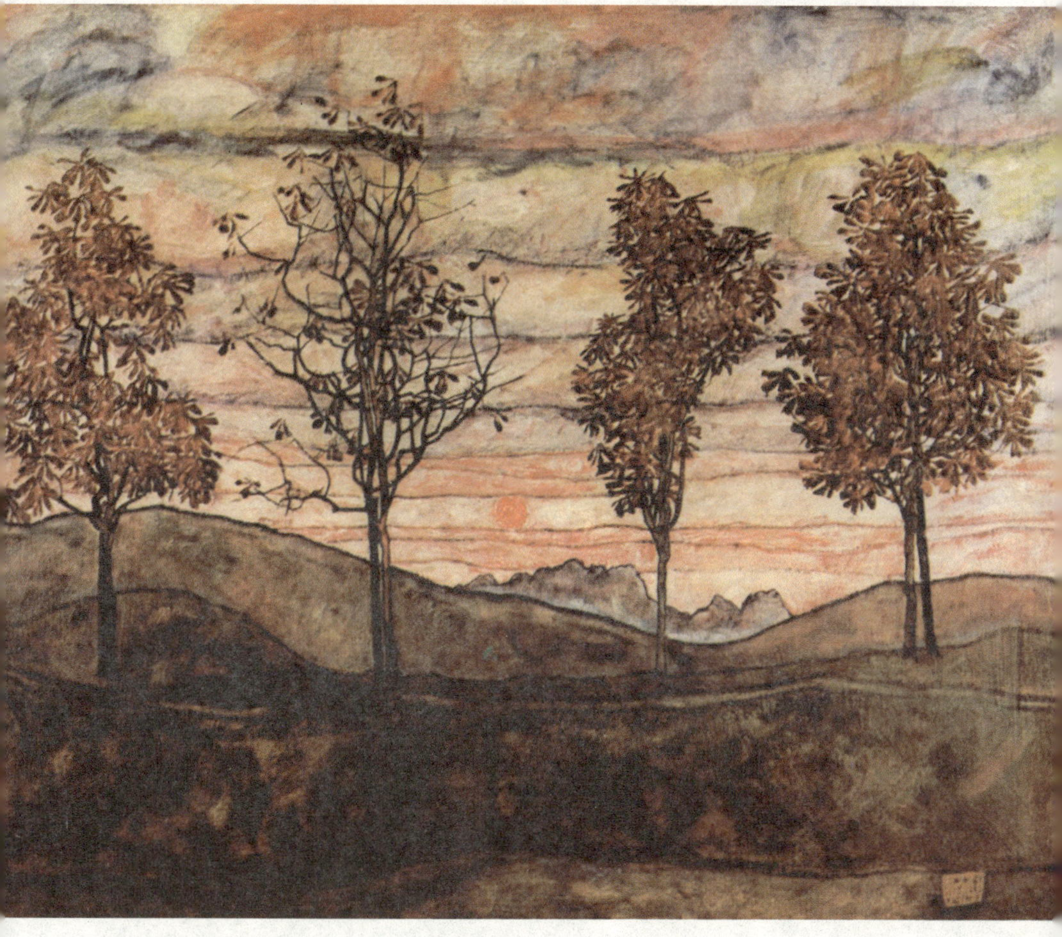

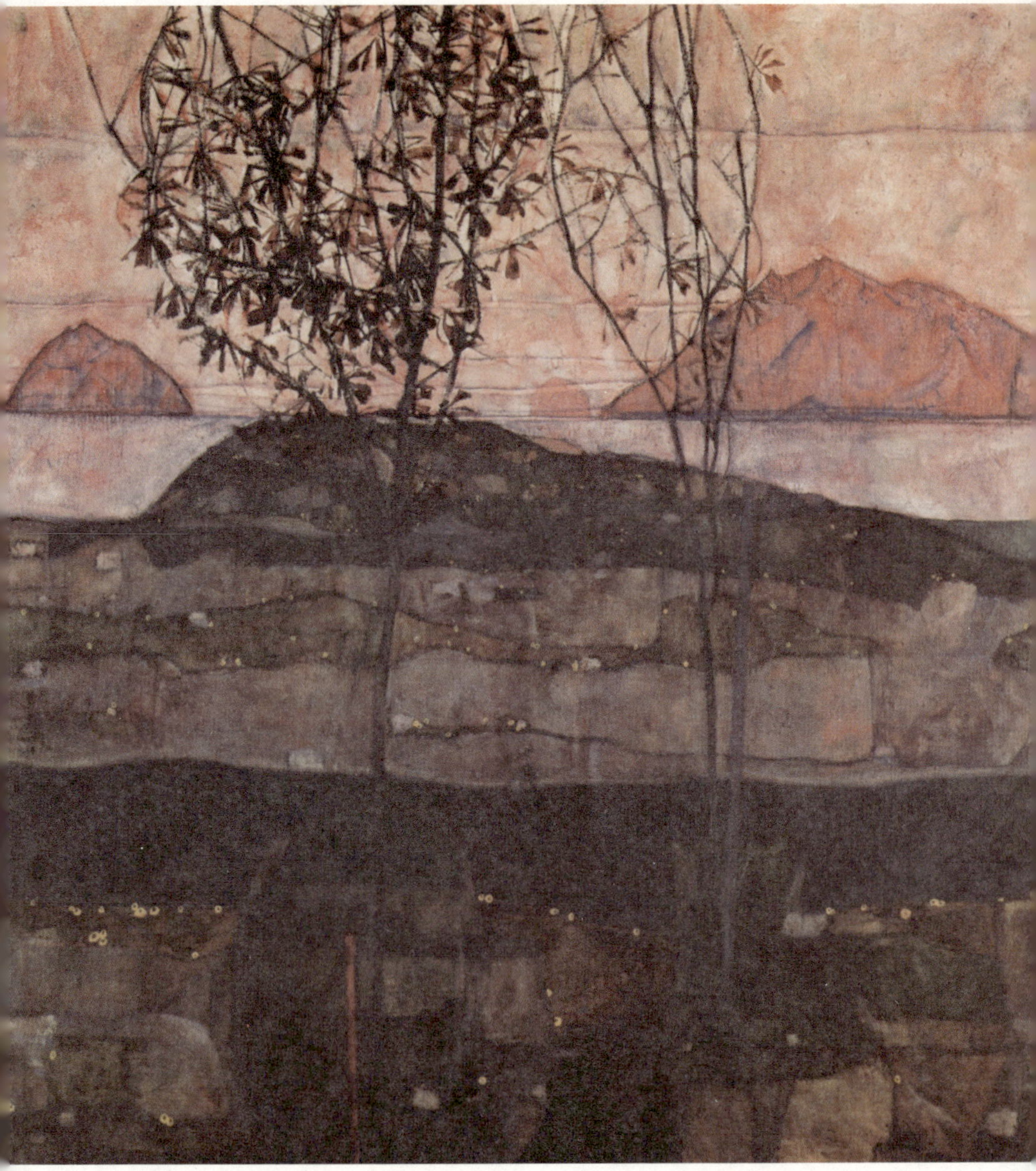

第三章 阳光的三种用法

城市的雪

地球普遍变暖变旱，冬天里的雪已经越来越稀罕。特别是在城里，难得飘落下来一场雪，如同难得见到一位真正清纯可人的美人一样了。

城市的雪，从入冬以来就一直在期盼中。在我居住的北京，仿佛要和春天里的沙尘暴有意做着强烈的对比，沙尘暴不请自到，而且次数频繁地光临，并不受城市的欢迎，但是，受欢迎的雪却在冬天里总是姗姗来迟，像是一位难产的高龄孕妇。

以往的日子里，最耐不住性子的是渴望下雪天能够堆雪人打雪仗的孩子；如今，最焦灼不堪的是城边的滑雪场，总也等不来雪，只好先急不可耐地鼓动起人工造雪机，将人造的雪花纷纷扬扬地吹了出来，那只不过是冬天的赝品。

隆冬时分，城市的雪，终于在期盼中飘洒下来，但是，这种随着雪花纷纷飘来的喜悦很快就会消失，不用多久，雪便不再受欢迎，仿佛约会前的憧憬在见面的瞬间便顷刻扫兴地坍塌。雪落在树木上，再不会有玉树琼枝；雪落在房檐上，再不会有晶莹的曲线；雪落在院子里，再不会有绒绒的地毯和小狗跑在上面踩出的花瓣一样的脚印；雪落在马路上，很快被撒满盐的融雪剂覆盖，立刻化成了黑乎乎一摊摊泥泞的雪水。据说，这样的雪水，渗进街边的树根，能够让树都枯萎死掉。城市的雪，成了路边花草的敌人。

那种纷纷扬扬，飘飘洒洒，小精灵一样，跳着轻巧细碎的足尖芭蕾的晶莹雪花，那种覆盖在地上，毛茸茸的，嫩草一样，像是从地上长出来的神奇的童话的晶莹雪花，已经是难再见到了。

也很难见到雪人，即使偶尔见到了雪人，也是脏兮兮的。城市污染的空气、汽车的尾气、制热空调机喷出的废气，一起尽情地把雪人的脸和全身涂抹得尘垢遍体，如同衣衫褴褛的弃儿，再没有原先那种洁白可爱。去年冬天，北京下了一场雪，我在街头见到一个雪人，上午刚刚见到时，它还高高大大，插着胡萝卜的鼻子和橘子的眼睛，格外鲜艳夺目，没到中午，它已经脏成一团，附近餐馆倒出的污水，无情地将它浇头灌顶，把它当成了污水桶。那天，我特意到天坛公园转了一圈，偌大的公园里，只看到一个雪人，小得如同一个布娃娃。公园并不能够为它遮挡污染，它一样脏兮兮的，只有头顶上盖着一个肯德基盛炸鸡块的小盒子，权且当一顶帽子，闪烁着带有油渍渍的色彩，像是故意给雪做的一个黑色幽默。

城市的雪，再不是大自然送来的冬天的礼物，而成了并不受欢迎的客人，成了城市污浊的乞儿，成了 pH 试纸一样测试城市污染的显形器。

其实，雪是无辜的，雪到了城市，没有得到娇惯和恩宠，相反被城市带坏了。雪的本色应该是洁白晶莹可爱的，却这样一次次地受到了伤害。

我想起俄罗斯的作家普里什文曾经写过的《星星般的初雪》，他说："雪花仿佛是从星星上飘下来的，它们落在地上，也像星星一般烁亮。"他又说："今天来到莫斯科，一眼发现马路上也有星星一般的初雪，而且那样轻，麻雀落在上面，一会儿又飞起的时候，它的翅膀

上便飘下一大堆星星来。"

　　只是，如今的城市，无论莫斯科还是北京，再不会有这样星星般的雪花了，再也不会有雪中飞起的麻雀翅膀上飘下一大堆星星的景象了。我想起前几年的初春到莫斯科，前一天下的雪刚化，无论红场还是普希金广场，无论加里宁大街还是阿尔巴特小街，都是一样的泥泞一片，黑乎乎的雪水，几乎是雪花在城市卸妆之后唯一的模样，处处雷同，走路都要提起裤腿，小心别踩到上面。

　　三十多年前，在北大荒插队的时候，我倒是见过一种叫雪雀的鸟，特别爱在冬天下雪的日子里出来，叽叽喳喳地飞起飞落，格外活跃。它们和麻雀一样大小，浑身上下的羽毛和雪花一样的白，大概是长年洁白的雪帮助它的一种变异，环境的力量有时强大得超乎想象。心里暗想，今天这种雪雀要是飞进城市，也得随雪花一起再变异回去，羽毛重新变成褐色，甚至乌鸦一样的黑色。

　　雪花的洁白，不在冬天里，只能在梦里、童话里，和普里什文文字带给我们的想象里。

萤火虫

想起去年夏天,在美国普林斯顿一个社区里,我和一对来自上海的老夫妇聊天,都是来看望孩子的,便格外聊得来,家长里短,上至天文地理,下至鸡毛蒜皮,聊得兴致浓郁,竟然忘记了时间,从夕阳落山到了繁星满天时分。那时,我们坐在一泓小湖旁边的长椅上,面前是一片开阔的草坪,一直连到湖边。当夜色如雾完全把草坪染成墨色的时候,抬头一看,忽然看见草坪中有光一闪一闪在跳跃,再往远看,到处闪烁着这样一闪一闪的光亮。由于四周幽暗,那一闪一闪的光显得格外明亮,感觉它们是在上下跳,高低不一,但跳跃得非常有节奏,仿佛带着音乐一般,让人觉得有种置身童话世界的感觉。

起初,我没有反应过来,那光亮是什么东西,感到非常惊讶,竟然傻乎乎地叫道:这是什么呀?老夫妇去年就来过这里,早见过这情景,已经屡见不鲜,笑着告诉我:是萤火虫。我不好意思地对他们说:我都有好几十年没有见过萤火虫了。他们连声道:是啊,是啊,在我们的城市里,已经见不到萤火虫了。

想想,真的是久违了,我以前看见萤火虫,还是童年,住在北京胡同里的大院的时候。算算日子,至少有五十年的光阴了。那时,我住在

一个叫粤东会馆的三进三出的大院里,在花草中和墙角处,不仅能见到萤火虫,还能听得见蟋蟀、油葫芦和纺织娘的叫声。夏天的夜晚,满院子里疯跑捉萤火虫,然后把萤火虫放进透明的玻璃小瓶里,制作我们自认为的"手电筒",再满院子里疯跑,是我们孩子最爱玩的游戏。

如今,在北京,不仅这样的四合院越来越少,就是有这样的四合院硕果仅存,孩子们也再见不到萤火虫,玩不成这样的游戏了。如今的城市,有霓虹灯和电子游戏,比萤火虫的闪烁要明亮甚至炫得神奇,但是,那些毕竟是人工的,不是来自大自然的光亮。如今,童话般的心理感觉和视觉冲击,往往来自电脑制作或3D电影。其实,对于孩子,乃至成年人,那种童话般的感觉和感动,更多的应该是来自大自然。越来越高科技现代化的城市,隔膜住了大自然,让我们远离了大自然。

之所以想起了去年和萤火虫重逢的事情,是前两天在报纸上看到一则这样的消息:如今,在淘宝网上可以买到萤火虫。每只萤火虫卖3元到4元,一般批量出售是以一百只萤火虫为单位的。接到订单之后,商家指派人到野外去捉萤火虫,但大多数是在仿生态的环境下人工饲养的。把萤火虫捉到后,装进扎了小孔的塑料瓶里,空运过来。这些活体萤火虫用来情侣放飞、婚庆气氛的营造。网上的广告上说:送她可爱的萤火虫,可以营造出非常温馨浪漫的情调。

心里不禁有些感慨。曾经伴我们儿时游戏的萤火虫,如今被发现了身上具有的商业价值。是什么让它们具有了商业价值?城市赶走了它们,再把它们请回来的时候,它们就摇身一变。这样坐着飞机千里迢迢而来的萤火虫,不再是我们的朋友,而成了我们花钱买来的商品,放飞的还是以前我们曾经拥有过的童话感觉或浪漫感觉吗?

想起了法国作家于·列那尔写过的一首题为《萤火虫》的散文诗,只有一句话:"有什么事情呢?晚上九点钟了,他屋里还点着灯。"如今,他屋里还能够为我们点着灯吗?

阳光的三种用法

童年住在大院里，都是一些引车卖浆者流，生活不大富裕，日子各有各的过法。

冬天，屋子里冷，特别是晚上睡觉的时候，被窝里冰凉如铁，家里那时连个暖水袋都没有。母亲有主意，中午的时候，她把被子抱到院子里，晾到太阳底下。其实，这样的法子很古老，几乎各家都会这样做。有意思的是，母亲把被子从绳子上取下来，抱回屋里，赶紧就把被子叠好，铺成被窝状，留着晚上睡觉时我好钻进去，被子里就是暖呼呼的了，连被套的棉花味道都烤了出来，很香的感觉。母亲对我说："我这是把老阳儿叠起来了。"母亲一直用老家话，把太阳叫老阳儿。"阳儿"读成"爷儿"音。

从母亲那里，我总能够听到好多新词儿。把老阳儿叠起来，让我觉得新鲜。太阳也可以如卷尺或纸或布一样，能够折叠自如吗？在母亲那里，可以。阳光便能够从中午最热烈的时候，一直储存到晚上我钻进被窝里，温暖的气息和味道，让我感觉到阳光的另一种形态，如同母亲大手的抚摸，比暖水袋温馨许多。

街坊毕大妈，靠摆烟摊养活一家老小。她家门口有一口半人多高

的大水缸。冬天毕大妈用它来储存大白菜，夏天到来的时候，每天中午，她都要接满一缸自来水，骄阳似火，毒辣辣的照到下午，晒得缸里的水都有些烫手了。水能够溶解糖，溶解盐，水还能够溶解阳光，大概是童年时候我最大的发现了。溶解糖的水变甜，溶解盐的水变咸，溶解了阳光的水变暖，变得犹如母亲温暖的怀抱。

毕大妈的孩子多，黄昏，她家的孩子放学了，她把孩子们都叫过来，一个个排队洗澡，她用盆舀的就是缸里的水，正温乎，孩子们连玩带洗，大呼小叫，噼里啪啦的，溅起一盆的水花，个个演出一场哪吒闹海。那时候，各家都没有现在普及的热水器，洗澡一般都是用火烧热水，像毕大妈这样法子洗澡，在我们大院是独一份。母亲对我说："看人家毕大妈，把老阳儿煮在水里面了！"

我得佩服母亲用词儿的准确和生动，一个"煮"字，让太阳成了我们居家过日子必备的一种物件，柴米油盐酱醋茶，这开门七件事之后，还得加上一件，即母亲说的老阳儿。

真的，谁家都离不开柴米油盐酱醋茶，但是，谁家又离得开老阳儿呢？虽说如同清风朗月不用一文钱一样，老阳儿也不用花一分钱，对所有人都大方而且一视同仁，而柴米油盐酱醋茶却样样都得花钱买才行。但是，如母亲和毕大妈这样将阳光派上如此用法的人家，也不多。这需要一点智慧和温暖的心，更需要在艰苦日子里磨炼出的一点儿本事，这叫作少花钱能办事，不花钱也能办事，阳光才能够成为居家过日子的一把好手，陪伴着母亲和毕大妈一起，让那些庸常而艰辛的琐碎日子变得有滋有味。

对于阳光，大人有大人的用法，我们小孩子也有小孩子的用法。我家的邻居唐家是个工程师，他家有个孩子，比我大两岁，很聪明，喜欢招猫逗狗，总爱别出心裁玩花活儿。有一次，他拿出他爸爸用的一个放大镜，招呼我过去看。放大镜我在学校里看见过，不知他拿它玩什么新花样。我走了过去,他在放大镜底下放一张白纸,用放大镜对着太阳,不一会儿,纸一点点变热,变焦,最后居然烧着了,腾的蹿起了火苗,旋风一般把整张白纸烧成灰烬。

又有一次,他拿着放大镜,撅着屁股,蹲在地上,对准一只蚂蚁,追着蚂蚁跑,一直等到太阳透过放大镜把那只蚂蚁照晕,爬不动,最后烧死为止。母亲看见了这一幕,回家对我说:老唐家这孩子心这么狠,小蚂蚁招他惹他了,这不是拿老阳儿当成火了吗?你以后少和他玩!

有一部电影叫作《女人比男人更凶残》。有时候,小孩比大人更心狠,小孩子家并不都是天真可爱的。

2008 年 6 月于北京

北京的树

老北京以前胡同和大街上没有树,清诗里说:前门辇路黄沙软,绿杨垂柳马缨花。那样的情况是极个别的。北京有了街树,应该是民国初期朱启钤当政时引进了德国槐之后的事情。那之前,四合院里是讲究种树的,大的院子里,可以种枣树、槐树、榆树、紫白丁香或西府海棠,再小的院子里,一般也要有一棵石榴树,老北京有民谚:天棚鱼缸石榴树,先生肥狗胖丫头。这是老北京四合院里必不可少的硬件。但是,老北京的院子里,是不会种松树柏树的,认为那是坟地里的树;也不会种柳树或杨树,认为杨柳不成材。所以,如果现在你到了四合院里看见这几类树,都是后栽上的,年头不会太长。

如今,到北京来,在南半截胡同的绍兴会馆里,还能够看到当年鲁迅先生住的补树书屋前那棵老槐树。那时,鲁迅写东西写累了,常摇着蒲扇到那棵槐树下乘凉,"从密叶缝里看那一点一点的青天,晚出的槐蚕又每每冰冷落在头颈上"(《呐喊》自序)。那棵槐树现在还是虬干苍劲,枝叶参天,起码有一百多岁了,比鲁迅先生活的时间长。

在上斜街金井胡同的吴兴会馆里,还能够看到当年沈家本先生住在这里就有的那棵老皂荚树,两人怀抱才抱得过来,真粗。树皮皱裂

肖 复 兴
散 文 精 选

如沟壑纵横，枝干遒劲似龙蛇腾空而舞的样子，让人想起沈家本本人，这位清末维新变法中的修吏大臣，我们法学的奠基者的形象，和这棵皂荚树的形象是那样的吻合。据说，在整个北京城，这是屈指可数最粗最老的皂荚树之一。

在陕西巷的榆树大院，还能够看到一棵老榆树。当年，赛金花盖的怡香院，就在这棵老榆树前面，就是陈宗藩在《燕都丛考》里说"自石头胡同西曰陕西巷，光绪庚子时，名妓赛金花张艳帜于是"的地方。之所以叫榆树大院，就因为有这棵老榆树，现在，站在当年赛金花住的房子的后窗前，还可以清晰地看到那榆树满树的绿叶葱茏，比赛金花青春常在，仪态万千。

但是，说老实话，给我印象最深的，还都不是上述的那些树，而是一棵杜梨树。

两年多前，我是在紧靠着前门的长巷上头条的湖北会馆里，看到的这棵杜梨树，枝叶参天，高出院墙好多，密密的叶子摇晃着天空浮起一片浓郁的绿云。虽然，在它的四周盖起了好多小厨房，本来轩豁的院子显得很狭窄，但人们还是给它留下了足够宽敞的空间。我知道，人口的膨胀，住房的困难，好多院子的那些好树和老树，都被无奈地砍掉，盖起了房子。刘恒的小说《贫嘴张大民的幸福生活》，被改成电影，英文的名字叫作《屋子里的树》，是讲没有舍得把院子的树砍掉，但盖房子时把树盖进房子里面了。因此，可以看出湖北会馆里的人们没有把这棵杜梨树砍掉盖房子，是很不容易的事情，也是值得尊敬的事情。

那天，很巧，从杜梨树前的一间小屋里，走出来一位老太太，正是种这棵杜梨树的主人。她告诉我，她已经87岁，十几岁搬进这院子来的时候，她种下了这棵杜梨树。也就是说，这棵杜梨树有将近八十年的历史了。

一年前的冬天，我旧地重游，那里要修一条宽阔的马路，湖北会馆成了一片瓦砾，但那棵杜梨树还在，清癯的枯枝，孤零零地摇曳在寒风中。虽多少有些凄凉，但毕竟还在。我想起了俄罗斯的作家写过的一篇小说，说一座城市修路，中间遇到一棵老树，于是这座城市的领导和专家一起讨论，要不要为了路把树砍掉？最后，为了树，路绕了一个弯。心里为这棵杜梨树庆幸，也许为了它，新修的马路也会绕一个弯。

前不久，我又去了一趟那里，马路已经快修平展了，但那棵杜梨树却没有了。

2006 年 11 月 14 日于北京

白桦林

我见过的白桦林不多,以前只在北大荒我们的农场和852农场见过。我们农场那片白桦林靠近七星河边,852农场那片白桦林就在场部的边上,当初大概就是因为有这样一片漂亮的白桦林,才会择地而栖将场部建在那里吧?

在所有的树木中,白桦和白杨长得有些相像,但只要看白桦的树干亭亭玉立,树皮雪白如玉,一下子就把白杨比了下去。尤其是浩浩荡荡的白桦连成了一片林子,尤其是这两处白桦林都有几百年的历史,那种天然野性的气势,更是白杨和其他树难比的。白桦林让人想起青春,想起少女,想起肃穆沉思的力量和寥廓霜天的境界。

在新疆,钻天的白杨到处可见,但白桦很少。所以,当到达阿勒泰,朋友说带我们看他们这里的桦林公园,我很有些吃惊。但真正见到之后,第二天又到哈纳斯湖旁看见白桦林,并没有一点惊奇。不是它们不美,是它们都无法和我在北大荒见过的白桦林相比。这里的白桦林大多长得有些矮,树干有些细,树冠又有些披头散发,没有北大荒的白桦林那样高耸入云,那种铺铺展展的野性,和那股苗条秀气的劲头,便都弱了几分。特别是树皮也没有北大荒的白,而且多了许多如白杨树一样的疤痕,皮肤一下

子粗糙了许多。加之枝条散落，压低了树干，更少了白桦林应有的那种洁白如云的气势。想起北大荒的白桦林，总会想起秋天白桦的叶子一片金黄灿灿，像是把阳光都融化进自己的每一片叶子里似的。雪白的树干在一片金黄的对比中便显得越发美丽。到了大雪封林的时分，雪没了树干老深，像是高挑而秀气的一条条美腿穿上了雪白的高筒靴，洁白的树干静静的，在雪花的映衬下显得相得益彰，仪态万千。开春，是我们最爱到白桦林去的季节，那时用小刀割开白桦树的树皮，会从里面滴下来白桦的汁液，露珠一样格外清凉、清新。什么时候到林子里去，都能见到斑驳脱落的白桦树皮，纸一样的薄，但韧性很强，而且雪一样的白，用它们来做过年的贺卡最别致。只是那时我们谁也没有想到。后来看普列什文的《林中水滴》，他描写雪中的白桦林时忍不住问："它们为什么不说话？是见到我害羞吗？""雪花落了下来，才仿佛听见簌簌声，似乎是它们奇异的身影在嘁嘁私语……"便想起北大荒的白桦林。并不是因为青春时节在北大荒，便对那里的一切涂抹上人为诗化的色彩。确实是那里的白桦林与众不同。我们那时的生活是苦楚而苍白的，但自然界却有意和我们的现实生活作对比似的，让白桦林是那样的清新夺目，让我们感受到，在艰辛之中，诗意的生存并没有完全离我们远去。有些树木是难以入画的，但白桦最宜于入画，尤其是油画。列维坦曾经画过一幅《白桦丛》的油画，画得很美，但不是北大荒的白桦林，是阿勒泰和哈纳斯的白桦林。因为画得枝干瘦小，枝叶低垂，没有北大荒那种由高大、粗壮、枝叶钻天带给我们的野性，和那种树皮雪白的独特带给我们的清纯与回忆。

不知852农场那片白桦林现在怎么样了。几年前我们农场七星河畔那片白桦林已经没有了，彻底地没有了。说是为了种地多挣钱，便都砍伐干净。那么大一片漂亮的白桦林，说没有就没有了。

1998年冬日于北京

河边的椅子

我第一次见到这样的椅子,是在普林斯顿旁的达拉威尔河边。

其实,只是一种防腐木做成的普通长椅,没有油漆,很朴素,在公园里常见。但是,椅子的后背钉有一块小小的铜牌,上面刻着几行小字,是孩子纪念逝世的父母,最后是两个孩子的署名,一个叫安妮,一个叫斯特凡。

也许,是我见识浅陋,在国内未曾见过这样的椅子,因私人的介入,让公共空间飘荡着个人化的情感,并把这种情感与他人分享。很显然,这是叫安妮和斯特凡的两个孩子思念父母而捐助设立的长椅,很像我们这里在植树节里栽下的亲情树。这真的是一种很好的法子,既可以解决一部分公共事务的费用,又可以寄托私人的情感于更广阔的公共空间。可以想象,在平常的日子里,安妮和斯特凡来到这里坐坐这把长椅,对父母的思念会变得格外的实在和别样;而如我这样的陌生人偶然路过这里,坐坐这把长椅,会想起这样两个孝顺的孩子,和他们一起把思念付于河边绿树摇曳的清风中。

后来,我发现,在达拉威尔河边和它旁边的运河两岸,到处是这样的椅子,椅背上都钉有这样的小铜牌。捐助者通过这把普通的长椅,

寄托着他们各种各样的感情，有对逝去的亲人的怀念，有对新婚夫妇的祝福，有对金婚银婚老人的祝贺，有对远方朋友的牵挂，有对尊敬老师的感激，有对儿时伙伴的问候，有对子女孙辈的心愿……普通的长椅，忽然变得不普通起来，仿佛成了盛满缤纷鲜花的花篮，盈盈盛满了这样芬芳美好的祝福；或者像是我们乡间古老的心愿树，枝叶间挂满人们各式各样心愿的红布条。那些平常看不见摸不着的各种情感，有了这样一把椅子的承载，一下子变得丰盈而别致，让人触手可摸了。

当然，人们表达情感，有许多方式，如今流行的是手机短信和贺卡。而这样的感情表达，似乎已经程式化、格式化，远不如河边的椅子的情感表达那样朴素，而且又和大自然融为一体。

后来，我发现并不仅仅在河边，在很多地方，包括小镇，也包括城市，在公园，在路边，在博物馆的花丛中，都有这样的椅子和我不期而遇。椅背上小小的铜牌，像是从椅子上开出的一朵朵金色的小花，喷吐着那些我永远也不会认识的陌生人的各种情感。虽然，人是陌生的，但那些情感却是熟悉的，是亲切的，是放之四海而皆准的。在陌生的地方，每逢发现这样的椅子，我都要暗暗地惊喜一番，都要在椅子上坐一会儿，细细地品味一下捐助者通过这把椅子所要表达的情感，想象着他们会不会常常来看看这把椅子，就像常常来看望他们的亲人或朋友一样，坐开桑落酒，来把菊花枝，虽然恬淡，却明净清澈，宁静致远。

我对这样的椅子充满感情和想象，这样朴素而低调的情感表达方式，虽不可能完成对于人们感情的救赎，起码可以让我们回归质朴一些的原点上。

草有时比花漂亮

草有时比花漂亮，这话其实并不准确，因为大部分的草都应该也是开花的，只不过，它们大多数的花很小，我们几乎看不见，或者基本忽略掉了它们，甚至鄙夷不屑地认为：它们居然还会开花？

我到现在也不知道，花和草的历史到底谁的更长？《诗经》和《楚辞》里，就已经有很多花草的名字出现了，它们的历史大概一般长吧？不过，读白居易的《赋得古原草送别》一诗，草生在古原之上，没听说什么花也是生在古原的。而且，李时珍有《本草纲目》一书，专门为草作传，草还有着那样多治病救人的药用，便对草平添一份好奇和敬意。

对于我们这一代在北京四合院里长大的孩子，认识最早最多的草，是狗尾巴草。那种草的生命力最顽强，属于给点儿阳光就灿烂，在大院墙角，只要有一点儿泥土，就能长得很高，而且是密密地挤在一起，就像我们小时候玩"挤狗屎"的游戏，大家拥挤在一起看谁把谁挤出人堆。夏天，狗尾巴草尖上长出毛茸茸的东西，我不知道是不是它们的花，我们男孩子常常会揪下草尖，将毛茸茸的东西探进女孩子的脖领里，逗得她们大呼小叫。

狗尾巴草还会爬上房顶，长在鱼鳞瓦之间。那时候，我很奇怪，连接瓦之间的土都已经硬得板结，它们是怎么扎下根的呢？房顶上的狗尾巴草，不能如墙角的草一样长得高，但比墙角的草活得长。到了秋天，一片灰黄，它们依旧摇曳在风前，即使冬天到了，墙角的草早已经没有了踪影，它们还是摇曳在风前，只是少了很多，稀疏零落的，像老爷爷下巴上的山羊胡子。

我对我曾经度过童年少年和整个青春期的大院的回忆，少不了狗尾巴草。大院里，有很多色彩鲜艳芬芳四季的花木，但是，不能少了狗尾巴草，就像我们大院里那位老派的学究的桌前，少不了一盆蒲草。蒲草，是他的清供，自是高雅；狗尾巴草，是我童年的伙伴，是如今老年回忆中少不了的一味解药。

离开大院，我到北大荒去了六年。那六年，说是开垦荒原，所谓荒原，是一片荒草甸子。但是，至今我也没有弄清楚，那一片甩手无边的萋萋荒草，究竟叫什么名字。它们浅可没膝，高可过头，下面有时会是随时可以拉人沉底的沼泽。狂风大作时，它们呼啸如雷，起伏跌宕，摇晃得仿佛天际线都在跟着它们一起摆动。特别是开春时节，积雪化净，干燥的天气里，草甸子常常会突然冒起荒火，烈焰腾空，一直烧到天边。那些草，可谓边塞的豪放派，我们大院里的狗尾草，只能属于婉约派了。

在北大荒时，当地老乡常对我说去打羊草。我不知道荒草甸子的草是不是大多属于羊草，用来喂牲口的，应该是那种叫作苜蓿草的。野生的苜蓿草，在北大荒很多，但一般不会生长在沼泽地里。那些生长在沼泽地里的荒草，很长，很粗，韧性很强，不容易扯断。当地的老乡和我们知青的住房，都是用这种草和上泥，拧成拉禾辫，盖起来草房，再在房子的里外抹上一层泥，房顶上苫上一层。别看是草房，冬天却很保暖，荒原上的荒草，居然派上这样大的用场。当年在北大

肖 复 兴
散 文 精 选

荒的时候，并没有觉得什么，现在，看到公园里修建得平整如茵茵地毯一样的草坪，再想起它们，贫寒的它们，没有草坪的贵族气息，却更接地气，曾经温暖过我整个的青春。

在北大荒，我见过最多的草，一种是乌拉草，一种是萱草。号称北大荒三件宝，貂皮人参乌拉草。传说冬天将它们絮在鞋子里，可以保暖。有一年，我的胶皮底的棉鞋鞋底有些漏，雪水渗进去，很冷，絮上乌拉草，别说，还真管用，帮我抵挡了一冬的严寒。

夏天的时候，成片成片的萱草开着黄色的喇叭花，花瓣硕大，明艳照人。在它们还没有绽开花瓣的时候，赶紧摘下来，晾干，就是我们吃打卤面时放的黄花菜，北大荒的特产。那时候，我是把它们当作花的，从来没有认为是草。但它们确实是草。

现在想来，萱草应该属于草里的贵族了。草里面开那么大那么长花朵的，我还真的没有见过。后来，读孟郊诗"萱草生堂阶，游子行天涯。慈亲倚堂前，不见萱草花"，想起年轻时北大荒的萱草，不禁心生感喟，我看见的是成片成片壮观的萱草花，母亲却看不见，但母亲的堂前明明也是有萱草花在开着呀，因为母亲望着的是天边久不归家的儿子。对于萱草，我不再认为属于贵族，而属于亲情。

属于贵族的草，如今大概是薰衣草了。不知从何时，薰衣草被大片引进种植，普罗旺斯成了高贵的背景。

去年，我去密云一家山地公园，吸引众多人前往的，是那里有一片薰衣草。拍照的人，一拨紧接一拨，成了流水的兵，薰衣草成了铁打的营盘，被宠爱有加。不仅如此，还被制成薰衣草口味的冰淇淋，在那里专卖。

今年，我去广东新会，在巴金写过的"小鸟的天堂"前，有一片跟薰衣草一样紫色的园地，很多人呼叫着薰衣草像呼叫着情人的名字一样，奔向前去拍照。拍完照后，才发现草地前立有一块小木牌，上

面写着"鼠尾草"。鼠尾草和薰衣草的确像是双胞胎姊妹,长得很像,鼠尾草却只能是薰衣草的替身。如果薰衣草是属于草中的贵族,鼠尾草大概属于平民了,因为它们很常见,几乎在所有的公园里都能够见到。

就像在一般人眼里,花要比草高级,草中也确实是有这样贵贱之分的,在我国古代就早已有草芥之说。这不过是人群中的社会学划分在花草中的折射而已。看苏联作家巴乌斯托夫斯基的《一生的故事》,他把苜蓿草说成是草中的灰姑娘。苜蓿草就是我们北大荒司空见惯的羊草,岁岁枯荣,任人践踏。同样是草,只能喂牲口,不能如萱草一样给人吃,更不能如薰衣草一样为人作拍照的背景,甚至可以制成冰淇淋吃。大自然中,如这样卑微的草有很多,多得我根本叫不上它们的名字。

我很惭愧,能够叫得上名字的草,即使不是如薰衣草一样出自洋门或名门,也都大多有些来头或说头。有时候会想,我就像一个势利鬼,不可救药的狗眼看草低。

我最早认出以前没见过却在书中早就听说的草,是酢浆草,是那种长着紫色叶子开着浅紫色小花的酢浆草。我认识了它并记住了它,不仅是因为它的五瓣小花漂亮如小小的五角星,三角形的叶子像蝴蝶的翅膀,还因为它的名字,有点儿洋气,便自以为觉得有点儿不同寻常,其实,就是虚荣心作怪。我才发现,我们人对花草的认识,来自根深蒂固的心里的潜意识。所有关于草的高低贵贱,都来自我们对社会对人生对文学对艺术浅薄的认知。

还有一种草,我也是早在少年读书时就读到过但一直没有见过——猪笼草。这种草可以吃虫子,很有意思。一直到十几年前,我去新加坡,参观植物园,才第一次见到猪笼草,有大有小,长着长圆形的口,像嘴巴一样伸着,姜太公钓鱼一般,坐等着虫子上钩。在植物园的小

肖　复　兴
散　文　精　选

卖部里，有卖猪笼草的，将它密封进一个水晶玻璃中，很是好看，我买了一个带回家，算是圆了一个少年时候的梦。

另外有一种草，是我心里一直残存的一点梦想和想象。它叫作书带草，其实就是麦冬草。这种草，很常见，并不是多么名贵的草。我也是在书中认识的它，而且在书中还知道了关于它的传说，说它和书生读书或抄书相关，后来又读到梁启超集的宋诗联"庭下已生书带草，袖中知有钱塘湖"，便对它充满想象。更重要的，是二十世纪七十年代末和九十年代末，以及 2009 年，我三次去扬州，拜谒史可法墓，都在祠堂前看到了青青的书带草，爬满阶前和甬道两旁。在我的眼里，它们是史可法的守护神，虽然柔细弱小，却集合如阵，簇拥在祠堂前，也簇拥在史可法墓前。那些书带草，让我难忘，总会让我想起与史可法一样的英雄文天祥的《正气歌》，便觉得这一片青青的书带草，应该叫作正气草。

史可法的扬州

扬州，一直是我向往的地方。40多年前，我读中学，看到了诗人闻捷写的《史可法墓》的短诗，很为诗和诗中所讴歌的史可法感佩，对扬州充满想象。后来，读到清经史学家全祖望那篇著名的《梅花岭记》，看到他记述的史可法壮烈殉国的场面：大兵如林而至之际，忠烈乃瞋目曰："我史阁部也！"劝之降，忠烈大骂而死。死前，他留下遗言："我死当葬梅花岭下。"少年的心，被一腔壮怀激烈所燃烧，对扬州更是无比向往。扬州，在我心里，是史可法的扬州，是一地梅花怒放的扬州。

真的来到扬州，已经是十多年之后20世纪的70年代末，那时，我到南京改稿，完毕，专门乘长途汽车来到了扬州，直奔城北，出天宁门，拜谒史可法墓。那时的扬州，没有如今那样多的高楼大厦，史可法墓前的护城河那样的清澈，河边的杨柳在夏日里浓荫四射，为史可法祠堂遮挡着骄阳的炙烤，祠堂前的小路，水洗过一样干净而幽静，悠长得犹如一个充满感情的叹号。

和我想象中的扬州一样吗？和我想象中的史可法墓一样吗？我无法断定，祠堂里空无一人，只有我一个人在徜徉，冥冥中总感到祠堂

肖复兴

散文精选

深处，梅花岭下，或许有史可法的幽灵，灵光一闪，和我相会。一个你曾经从心底里敬重并向往的人，总会在某一个契机或某一个场所，和你相会的。所谓神交，就是这样的一种心灵深处的震颤吧？那一刻，我的眼泪竟然流了出来，幸亏祠堂里没有一个人。

只可惜，我来的季节不对，梅岭没有一朵梅花。

第二次来到扬州，是20年过后，20世纪90年代末了。那是一次会议结束之后游览瘦西湖和个园，在参观个园的时候，我独自一人悄悄地溜了出来。记忆中史可法墓应该离个园不远，果然，往北一走，很快就到了护城河边，依然是杨柳依依，依然是小路幽幽，更奇特的是，祠堂里，梅岭下，依然只有我一个人。这样更好，可以独自和忠烈喁喁独语，与君一别，烟波千里，来如春梦，去似朝云，正可以彼此检点一下岁月留在心上的落花浮尘。和瘦西湖的游人若织相比，这里的空旷和幽静，也许正适合史可法。如果说瘦西湖像是一个漂亮女人一头飘逸的长发，这里恰如一个男人一双坚毅的眼睛，它应该就是这样无言自威，沉静如山。它将自己眼神深邃的一瞥，留给那些想和它注视的人们。

还是没有看到梅岭的梅花，不过，没关系，好的风景，杰出的人物，遥远的历史，永远都在想象之中。

2009年的初春，我第三次来到了扬州。我当然还要看史可法墓。人生如梦，流年似水，让我遗忘的人和事已经很多，但怎么可以忘记史可法呢？人生如寄，漂泊羁旅，到过的地方很多，真正能够让你难以忘怀并还想旧地重游的，并不很多。一提起扬州，便想起史可法，便让我有一种心头一颤的想念，充满自以为是的牵挂，仿佛扬州真的和我沾亲带故。

真的是和史可法和扬州有缘，来扬州前不久，还曾经在国家大剧院看过昆曲《桃花扇》，那里面有史可法率兵于梅花岭下"誓师"一

段：史阁部令三千人马，一千迎敌，一千内守，一千外巡。言上阵不利，守城；守城不利，巷战；巷战不利，短接；短接不利，自尽。面对清兵的入侵，史可法表现出的民族气节，让今人叹为观止。是他让扬州这座城市充满血性，荡漾着历史流淌至今的波纹涟漪。

我一直以为，扬州区别于一般的南方城市，区别于那种小桥流水、私家园林的婀娜多姿。由于地理的关系，它地处江苏的北大门，照史可法说是"江南北门的锁钥"。所以，扬州不仅具有江南一般小城女性的妩媚，同时具有江南一般小城没有的男性的雄伟。无疑，史可法为扬州注入了这样雄性的激素，壮烈的舍生取义，惨烈的扬州十日，让这座城市势趋粉黛，气吞吴越，拒绝后庭花和脂粉气，不仅只有精致的扬州炒饭和扬州灌汤包子，而且有了可触可摸的历史的感觉，有了能够遥想当年的空间，有了可以反复吟唱的英雄诗篇的清澈韵脚。

这次来因有朋友的陪伴和解说，看得更明白一些。飨堂前的一副清人的抱柱联：数点梅花亡国泪，二分明月故臣心。明月梅花的比兴与对仗，古风盈袖，很是沉郁。梅花仙馆另一副今人的抱柱联：万年青史可法，三分明月长存。嵌入史可法的名字，互为镜像，做今古的借鉴，令人遐思。飨堂里有史可法的塑像，有何应钦题写"气壮山河"的匾额；飨堂后是史可法墓，墓前有石碑和牌坊，墓顶有草覆盖，被人们称之为"忠臣草"，据说应该是四季常青，不知为什么现在却是有些草色枯黄。

飨堂西侧有晴雪轩，里面藏有史可法的遗墨，最值得一观。史可法是官员，他的书法却是真正的书法，草书行书都有，气遏行云，韵击流水，特别是书写的内容，古韵猎猎，心事茫茫，一点浩然气，千里快哉风，和那些半吊子的书法不可同日而语。"斗酒纵观廿一史，炉香静对十三经""自学古贤修静气，唯应野鹤共高情""千里遇师从枕喜，一生报国托文章"……特别是他写给多尔衮的《复摄政王书》，

肖　复　兴

散 文 精 选

深表春秋大义，社稷之情，一气呵成，秋高气爽，酣畅淋漓，让人会想起文天祥的那首《正气歌》。

他的遗书更是让我心动，他的第三封遗书，仅仅三句："可法死矣！前与夫人有定约，当于泉下相候也！四月十九日，可法手书。"可以说是史可法短促一生中最精彩的绝句。如此慷慨赴义，墨迹点点，也是血迹斑斑，几百年色泽如润，依然鲜活如昨。6天后，这一年，即1645年4月25日，史可法殉国。次年清明前一日，他的副将，也是他的义子史德威，在他誓师和血战的梅花岭下，为他立碑立墓。但是，那只是史可法的衣冠冢，因为战后史德威找史可法的遗体时，已经找不到了。《明史》里记载："可法死，觅其遗骸。天暑，众尸蒸变，不可辨识。"

走出晴雪轩，来到梅岭下，春梅未开，冬梅正残，断红点点，飘落枝头，有一种哀婉的气氛，袭上心头。好在祠堂东侧桂花厅前，有紫藤和木香各一架，过些日子就会次第开花，一紫一黄，分外好看。到了秋天，祠堂大门前那两株古银杏树金黄色的落叶，会落满一地，落满祠堂的瓦顶，更是壮观。祠堂一年四季都在怀念先烈！如果说梅花是史可法的灵魂，满祠堂后种植的紫藤、木香、银杏、桂花、芍药、葱兰等等，都是扬州人的怀念和心情。在扬州，史可法配有这样花开花落不间断的鲜花簇拥下的魂归之处。

更何况，扬州还留下了这样特殊而别具情感的地名：史可法路、螺丝及顶街（摞尸及顶的谐音，当年史可法抗敌，巷战血拼时尸体一个摞一个到城墙顶），以及史可法曾经居住过的辕门桥。扬州人把对史可法的纪念渗透进他们的生活，刻印在他们走的路上和日子里，那是扬州人心底里为史可法吟唱的安魂曲。

诗与成都

和其他一些城市相比，成都一个特别之处，便是它和诗的关系格外特别。

成都古今曾经出过的诗人很多，历代来过成都的诗人更是无数，他们的诗写得或联对得再漂亮，并不足以说明成都就是一个诗城。能够证明成都是一座诗城的，是诗对这座城市的影响，以及诗如水一样在这座城市漫延的滋润和普及。

曾经在成都最为大众化的茶馆，也有百姓自发的写诗的热情。有好事者将自己写好的诗拿到茶馆里张贴，第二天再去一看，应对者已经如云，和诗者，在茶馆里彼此打擂台，茶客们，则在观看中肆意地评点优劣。诗让人们自得其乐，再没有哪里可以找到如成都茶馆里这样对诗的热闹场景了，想象那劲头赶得上《红楼梦》大观园里的赛诗会吧。

还曾经读到过这样一则故事，说是抗战期间，在半边街魏家祠堂对面开有一家饭馆，战争期间经济拮据，怕人吃饭不给钱或赊账；饭前先要钱呢，又觉得不大好，既怕得罪人，又怕伤自己的面子。店家便写下一首诗，贴在墙上："进门好似韩信，出门赛过苏秦，赊账桃

肖　复　兴
散 文 精 选

园结义，要账三请孔明。"句句用典，又通俗好懂，众人皆会意而笑，皆大欢喜。在成都，诗不止于诗家之间风雅的唱和，而很实在，很实用，又有几分居家过日子的恬淡和狡黠，以及艰辛日子里的苦中作乐。

再举一例，便是在成都，连乞丐都能够写诗。一个成都乞丐的"烘笼"诗："烟笼向晓迎残月，破碗临风唱晚秋，两足踏翻尘世路，一盅喝尽古今愁。"居然把凄凉写得如此诗意盎然。也许，这只是乞丐中的凤毛麟角，但他们确实曾经存在过并为成都留下了他们不俗的诗作。这在别的城市里，我还真的未曾听说过。

1913年，成都慈善人士曾经在北门一破庙旧址上搭建一排瓦屋，专供乞丐在寒冬时有个避风的地方，并取了个典雅的名字，为"栖流所"。没过多久，便被乞丐在门上贴了一副对联："是士绅工商之友，与魑魅魍魉为邻"。既工稳，又俏皮。

一座平民化的城市，才能够将诗从高雅的殿堂上拉下来，让诗和自己平起平坐。一座有诗的传统的城市，才能够花开一般，处处都可以绽放出诗来。

成都的诗的传统，要得益于杜甫和他的草堂。而诗的传统更是一种文化的底蕴，不是一朝一夕，而是长久岁月的积淀和打磨，诗才化为了这座城市的血脉和基因。

记得同为诗人的冯至先生曾经说过一段话："人们提到杜甫时尽可以忽略了杜甫的生地和死地，却总忘不了成都的草堂。"这实在是成都的福气。成都人便也格外珍惜这一福分，将杜甫当作自己的诗神，把草堂当成诗的殿堂，每年人日即正月初七这一天，都要到草堂里祭拜，已经成为由来已久的习俗。如果没有这样长久的珍惜和敬重，如何能够形成诗的传统？诗的传统在一座城市走过了一千多年，这座城市又该是一种什么样的成色？

安史之乱后，杜甫携带稚子，从甘肃同谷步行了一个多月才走到

了成都，投奔到时任剑南节度使的朋友严武门下。但不多日后，杜甫坚持搬出条件优越的严府，而居于简陋的寺院之中。日后，在浣花溪旁搭建一间茅草屋，写下《堂成》一诗，其中"暂止飞鸟将数子，频来语燕定新巢"一联，道出了草堂建成时的情景和心情。以后才有了我们见到的"细雨鱼儿出，微风燕子斜""秋水才深四五尺，野航恰受两三人""自去自来梁上燕，相亲相近水中鸥"……这样我们情趣盎然，又令我们会心会意，平易得任何人都懂得的诗句。我一直这样认为，正由于杜甫这样的平民性，造就了其诗歌的人民性，也才造就了成都这座城市诗歌传统的平民性，让诗和这座城市的人们心心相通。诗不再是高雅的代名词，不再是诗人的专利，而属于大众和这座城市的每一棵树，每一朵花。

成都，便不仅是一座茶城，一座花城，一座美食城，还是一座诗城。

水墨仙境楠溪江

在中国，有名的江很多，比如北方的松花江、黑龙江……一听这些名字，就透着豪爽的气派；南方的漓江、邕江……这些名字则有着独有的细腻和秀丽。楠溪江，这名字还显得有些稚嫩，不如上面那些江叫得响亮。但它现在有一个最独特的优势，那就是它的清澈，三百里蜿蜒流淌下来，没有一点污染。

这样清澈的江，不要说在中国，就是在世界也实在是太少了。原来，我认为中国最美的江要数漓江了。三十多年前，第一次看到漓江，真被它陶醉了，那美丽的江，山在江上映出美丽的倒影，水墨画一样，仙境一般……如今已经污染了。原来，我以为世界上多瑙河、莱茵河是蔚蓝无比，清澈透明犹如雪莱的诗句。但几年前真正地走到它们的跟前，看见它们也一样的污染了。

然而，楠溪江，没有污染，举世皆浊唯我独清！这一条，就可以让楠溪江骄傲而独立于世，让所有那些变得浑浊的江河向它竞折腰。

楠溪江位于浙江永嘉县内，从上游石桅岩流到下游狮子岩，流过三十六湾七十二滩，流过了千年百年，就这样一直没有一点污染地流着，不带一丝杂质地流着，清澈而清白地流着，真是人间的一个奇迹。

我想清澈这个词应该是专为它而设置的，因为水透明得已经没有了深度，水底的鹅卵石、水草和小鱼，仿佛就在眼前，伸手摸它们，其实还在很深的地方。

清白这个词应该也是专因它而有了意义，阳光不仅仅照射在水面上，能一下子照射在水底，反射上来，和阳光逗着玩，闪烁着迷离跳跃的光斑，只有它不为所动，依然是那样透明干净，气定神闲，宁静致远。

最好是乘坐竹排顺江而下，水在脚下，一路迤逦亲近着你，湿润而温馨，最能体味楠溪江的美妙，处处入画，处处是诗。竹排没有污染，才会和江水那样亲密无间，我们也才会体会到水如净土、鱼若行空的澄净透明。能见到远处的蚱蜢舟和船头的鱼鹰，如国画中点染出的水渍墨晕，静静的超凡入圣一般，方显出江在平缓而幽美地流动。两岸的滩林婆娑摇曳，杨树、枫树、松树、杨梅树，尽情地舒展着腰身，像是一江平静的碧水长出了婀娜多姿的秀发，随风飘逸，显出楠溪江风情万种的一面。在六月杨梅成熟的季节来，是最好不过的了，滩林中杨梅树红红的，晶莹得一闪一闪，仿佛小小的精灵，更让楠溪江彻底地活了起来。

都说女儿是水做的，那得是好水，就像楠溪江的水一样。其实，反过来可以说好水也是女儿做的，楠溪江就是好女儿做成的，是那种藏在深闺的漂亮女儿做的。这一点很重要，藏在深闺的漂亮，是没有污染的漂亮，是清水出芙蓉、天然去雕饰的漂亮，一派天籁，清新纯真。走出深闺，尤其是走到热闹地方的漂亮，往往是世俗的漂亮，是化妆的漂亮。如果说后者可能比楠溪江有名，那只是明星，楠溪江则是山里的小姑娘。明星可以有人工切割的双眼皮和粘上的眼睫毛，却永远不会有山里小姑娘如同楠溪江水一样清澈明亮的眼睛。

还要说一句，楠溪江上那些汲溪碇步（古时称"过水明梁"），

肖 复 兴
散 文 精 选

实在是太漂亮了。那是楠溪江独特的风景，是用一块块方方正正的蝶石垒在楠溪江中，刚刚高过水面，每块石碇间有一段小小的间隔，横躺在水中，像一只美丽的口琴，江水从中潺潺流过，吹响清亮的乐章，那是只属于楠溪江自己的旋律。

汲溪碇步在楠溪江起着桥的作用，却没有桥的高高在上，人们走在石碇上，和水是那样亲近，水可以随时像鱼儿伸出的嘴一样，喁喁地舔着人的脚；人也可以随时弯下腰来，掬一捧水喝，便把一江湿润而清澈响亮的音符也饮进腹中了。

实在要修桥也是没办法避免的事，但千万别在楠溪江上人工修建过多的桥，汲溪碇步就是楠溪江最好最漂亮的桥。如果说楠溪江是山里小姑娘明亮得不染一点云翳的眼睛，汲溪碇步就是一道道自然而恰到好处的眉毛。

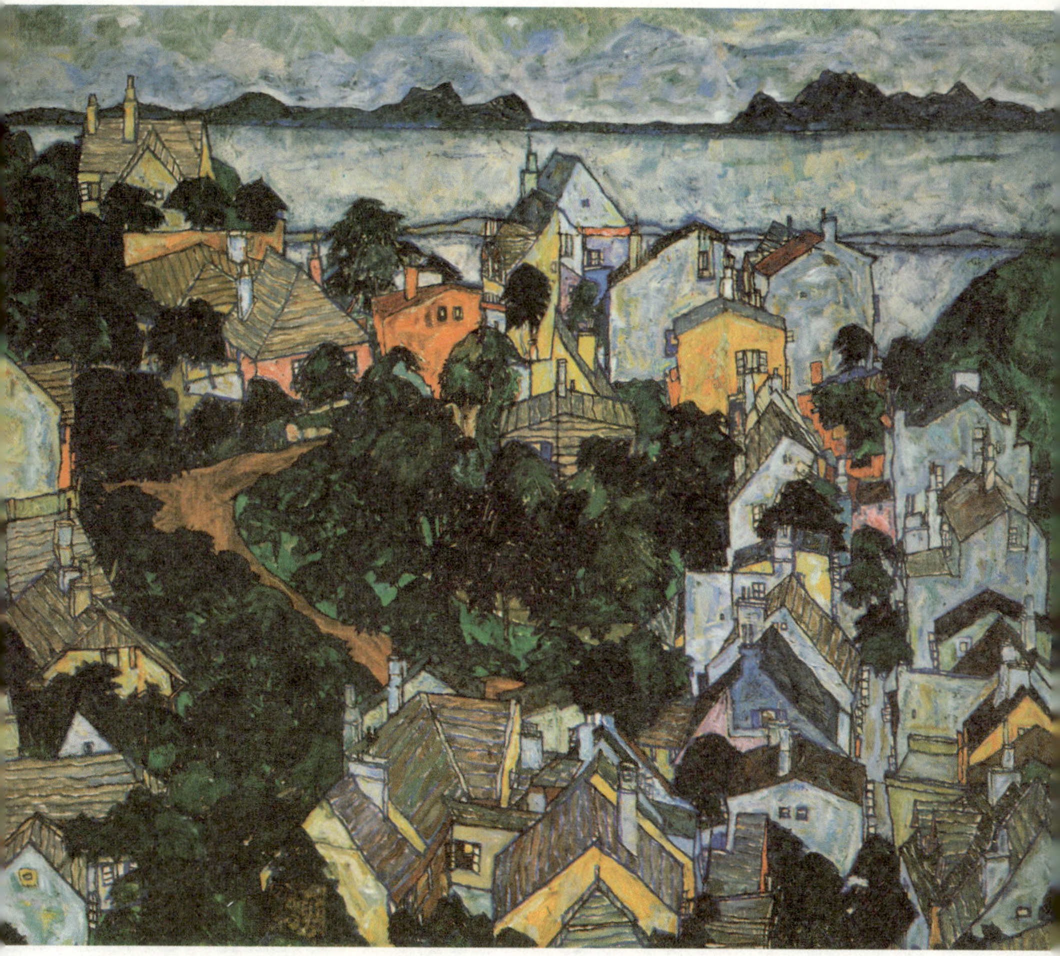

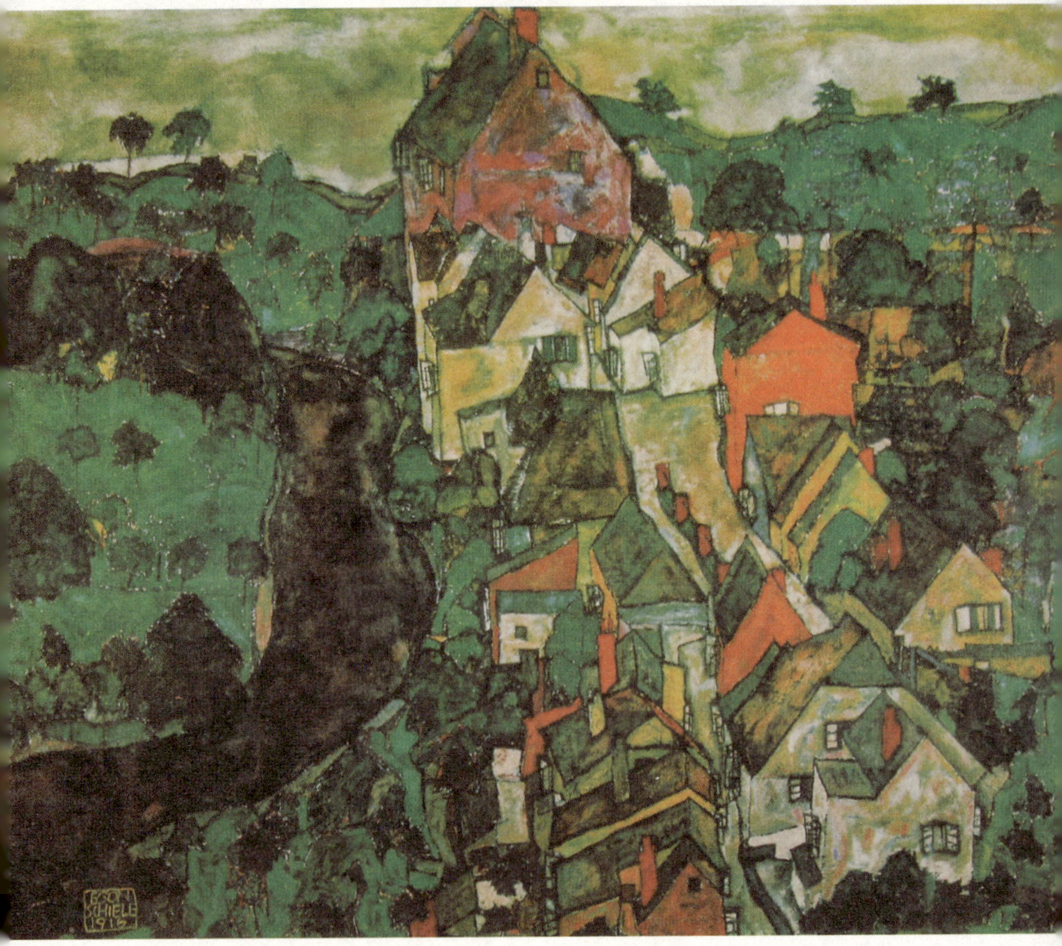
SCHIELE
1916

水之经典

　　世上丽水秀水晶莹之水清澈之水恢宏之水浩瀚之水多得是，在我看来，最富性格最值得一看的是这两处：都江堰和九寨沟。

　　看都江堰的水，看的是强悍奔腾的水如何层层叠叠化为生命的涓涓细流。飞奔如兽、桀骜不驯的江水，经过都江堰，立刻将仰天长啸变为喃喃细吟，将浪涛如山变为珍珠四溢，将凶猛如火变为柔情万缕……出宝瓶口流入内江，立刻呈现一派水光潋滟的情景，让人叹为观止，看到水的柔劲、可塑和万难不屈，长流不懈的生命活动。那是一种将绚烂归于平淡，将刚劲寓于柔顺，将一时融于永恒的生命。

　　都江堰看水，看的是水如何从天上流入人间，如何从神话流入现实，如何将自己化为一种哺育人类、灌溉庄园的生命。

　　都江堰的水，是一种入世的现实的水。

　　看九寨沟的水，看的是宁静的恬淡的水，如何凝聚成生命的湖泊。镜海、长海、珍珠滩……每一个湖泊都是那样清澈透明、纤尘不染。孔雀的蓝色，蓝得让人心醉，让人如同看到教堂洗礼用的圣洁露水，如同听到教堂管风琴演奏的《圣母颂》，而不敢有丝毫杂念俗念。懂得并真正地看到人世间居然有纯洁美好真诚和透澈的净，就在这远避

肖复兴
散文精选

尘嚣而静静地存在。

　　那水几乎一动不动，任外面的世界如何纷繁变幻，将污染、噪音连同人心泛起的种种污浊的泡沫一起抛向天空和大地。它独自坚守着自己的贞操，不动丝毫涟漪，不染丝毫尘俗，将水底的虬枝沉木、水藻水锦，将天上的薄云丽日、山岚清风，将身旁的雪峰幽谷、古树老藤……一一映在自己的怀中，映得那么明净，如同脱胎换骨，玉洁冰清，重新塑造了自己一番。尘世沾惹的世俗庸俗、风骚矫情、浪声虚名、欲火利海……起码不敢在这里抖搂，而被这水洗却大半。

　　九寨沟看水，看的是水如何从人间流向天上，如何从现实流向神话，如何将自己化为一种启迪人类、净化心灵的艺术。

　　九寨沟的水，是一种出世的艺术的水。日本黑田孝高在《水五则》中的第一则说："自己活动，并能推动别人的，是水。"第四则说："以自己的清洁，洗净他人的污浊，有容清纳浊的宽大度量的，是水。"

　　前则，可以送给都江堰的水；后则，可以送给九寨沟的水。

1994年1月12日于北京

赛什腾的月亮

又到中秋节了,不知道柴达木赛什腾山上的月亮,今年和往年是不是一样的圆?

赛什腾山应该算是昆仑山的余脉,那时候,在青海石油局的冷湖四号老基地,从哪个井队的位置上都可以望到它。望着它,觉得很近,却是望山跑死马,跑到山脚下,至少要花上半天的时间。

那时候,是指1968年。这一年,北京的初三学生甘京生和一批北京的中学生来到冷湖,成为一名石油工人。那时候,他还不到十八岁。就在那一年的中秋节,井队放假,他和几个同学约好,一上午就从四号老基地出发,往那座已经望了大半年的赛什腾山走去。那座每天都会映入眼帘的赛什腾山,在柴达木明亮得有些刺眼的阳光照射下,有时候会如海市蜃楼一般缥缈,让甘京生对它充满无数的想象。甘京生喜欢幻想,或许这是他从小时候就养成的习惯,他喜欢独自一人望着天空或树林或校园里的篮球架遐想联翩。大概和他喜欢读文学的书籍有关,那些书让他常常禁不住心旌摇荡,天马行空。

否则,他不会和同学约好向那座秃山走去。去之前,师傅就对他说过:那山上什么也没有,从来就没有人爬上去过,你去那儿干啥?

肖复兴
散文精选

他还是执意去了，累了一身的大汗，走了整整一个上午，下午一点多的时候才走到山脚边，吃了点东西继续爬，下午四点多的时候，终于爬到了。山上除了有些芨芨草和星星点点的黄色的野花，真的什么都没有，都是一些裸露的灰色石头，仿佛月球的表面，显得那样的荒寂。

但是，甘京生很兴奋，他管这些小黄花叫作赛什腾花，就像老一辈石油人找到了石油把山下那一片井架林立的地方命名为冷湖一样。青春年少能够燃烧激情和幻想，让平凡琐碎的日子焕发出光彩。中秋节的天气在柴达木盆地已经冷了，天黑得也早了。爬上山没有多久，天色就渐渐暗了下来，秋风一吹，有些萧瑟沁凉如水的感觉，同学们都说赶紧下山吧，天再黑下来，下山的路就不好找了。他却坚持要等到月亮出来，好不容易来一趟赛什腾山，又赶上中秋节，没看到月亮怎么行？他对同学说。同学只好陪他一起看月亮。

那是甘京生第一次在赛什腾山看到月亮。那赛什腾的月亮，令他一生难忘。他能说出赛什腾的月亮和北京的月亮有什么不一样吗？他说不清楚，只觉得天远地阔，四周一片荒凉，月亮却和照在北京城里一样，那样浑圆明亮地照在这里没有一点生命气息的石头，和萋萋野草还有他刚刚命名的赛什腾花上。他觉得月亮真的非常伟大，对世界万物无论尊卑贵贱无论远近大小，都是一视同仁的那样平等。

这是第二年我在北京见到甘京生时，他对我说起中秋节爬赛什腾山看月亮时候讲的话。那一年夏天，他回北京探亲，专程来家看我，从青海回京的途中，他一路下车，不停游玩，在洛阳看过云冈石窟，他还在那里买了几本旧书，带回来送我。他的这一举动，让我刮目相看，好不容易有了天数规定好的探亲假，还不早早回家，谁舍得把时间浪费在路上，还惦记逛书店，买几本当时看来无用的书？他的浪漫之情，和当时正在热闹闹搞阶级斗争的气氛是多么不谐调。

那是我第一次见到他。他和我弟弟是同学，又同在冷湖为石油工

人，他是受弟弟之托来看我的。那一天晚上，他住在我家，我们抵足未眠，秉烛夜谈，聊了很多，他说这番话时，像一个文艺青年。如今，文艺青年像一个贬词了，其实，真正成为一个文艺青年，并不容易，他必须具有文艺气质之外，更需要一颗怀抱对生活和对文学一样真正的赤子之心。这不是装出来的，而是一生的追求。

甘京生难得，是他并不只是在他十八岁那一年心血来潮爬了一次赛什腾山，看了一次中秋节赛什腾的月亮。从那一年开始，每年中秋节他都会爬一次赛什腾山，看一次赛什腾的月亮。20世纪80年代，他调到冷湖石油局中学里当语文老师，兼班主任。他开始带着他班上的学生，每年中秋节爬赛什腾山，看赛什腾的月亮。那些生在柴达木长在柴达木从未出过柴达木的孩子们，从来没有特别注意过中秋节的月亮，更没有爬上赛什腾山看月亮的习惯。甘京生当了他们的老师之后，赛什腾的月亮，成了他们日记和作文中的内容，成了他们学生时代最美好而难忘的回忆。他让这些孩子们看到了虽旷远荒寂却属于柴达木自己独特的美。

甘京生离世已经二十多年了。他是因病去世的，他走得太早。如今，他教过的第一批由他带领爬赛什腾山看月亮的学生，已经四十多岁，他们的孩子到了读中学的年龄。不知道还会有哪一位老师带他们爬赛什腾山看中秋的月亮？

赛什腾的月亮！

地平线，遥远的地平线

在城市，已经看不到地平线。被高楼大厦遮挡，地平线在遥远的天边。地平线，对于人们似乎可有可无，没有什么价值和意义。

有时候，我会想，地平线真的对于我们没有什么价值和意义吗？如果说有，它的价值和意义在哪里呢？我说不清。我们现在所说的价值和意义，都是有非常明确的指向的，大到历史与文化，小到每平方米建筑面积，以至更小到柴米油盐。地平线，看到看不到，不当吃不当穿的，又有什么关系呢？

是，关系不大。但不能说一点关系都没有。

对于我，看到地平线最多的时候，是在北大荒。几乎每天都可以看到。无论出工到田野，或者垦荒到荒原，或者收秋在场院，都可以看到遥远的地平线，连接着田野荒原的尽头，和天边紧紧地镶嵌在一起。天气好的时候，地和天相连的那一线，是笔直的，是阔大的，像天和地在亲密接吻。天气不好的时候，那一线的衔接是灰色的，是暗淡的。即使雷雨天，地平线有惊鸿一瞥的电闪，却也是平静的，安稳地等着电闪雷鸣消失，看不出它有一点情绪波动。这便是大自然，真正的宠辱不惊，不会像我们人一样，踩着尾巴，头就会跟着摇晃，大惊小怪，或失魂落魄。

早晨或黄昏时的地平线最为漂亮。有晨曦和晚霞，有朝阳和落日，地平线的色彩格外灿烂。而且，天空中呈现出的所有的灿烂，都是从那里升起、在那里落幕的。有一年的麦收，我们打夜班，连夜把地里的麦子抢收，拉回到场院里来。坐在铺满金色麦秸的马车上，迎着东方走，看见了地平线是怎样一点点由暗变青、怎样由鱼肚白变成玫瑰红的晨曦，那一刻的地平线，真的是诗情浓郁，像是变化万千的舞台，上演着魔术般的童话。

1974年的初春，我离开北大荒，队上派了辆牛车送我到农场的场部，赶车的是我的中学同学。黄昏时分，春雪还未化尽，牛车嘎嘎悠悠地走得很慢，似乎依依不舍。我不住地回头，看着生活了整整六年的二队，忽然看见一轮橙红色的灯笼一样巨大的落日，在以很快的速度下沉，一直沉落在地平线之外，光芒还弥散在四围。我生活了六年的二队，就在这一片金黄色和橙红色的光晕包围之中。第一次感到，地平线离我竟是那样的近，近得是那样亲近。

第二天早晨，天气忽然变了，细碎的雪花飘飘洒洒起来。那一天，我的女朋友送我上了一辆敞篷解放牌大卡车，我坐在后车兜里。分手在即，不知未来，来不及缠绵悱恻，甚至连挥一下手都没有来得及，车子已经驶动，而且，吃凉不管酸地越开越快。很快，她的身影变小，和地平线融合在一起。春雪似乎是排着整齐的队伍，从地平线一点点地飘曳过来的。我看见，她顶着雪花在跑，一点一点的，变成了一片小雪花，淹没在茫茫的雪原之中。地平线，似乎在我的周围，像一个圆圈，像如来佛的一只巨手，紧紧地围裹着我，寒冷而凄切，不动声色，又幽深莫测。

离开北大荒，回到了北京，我再也没有看见过这样开阔、这样让我感慨又难忘的地平线。

再一次和地平线邂逅，是几十年之后，在遥远的戈壁滩。那一年

肖 复 兴
散文精选

的夏天，我去青海柴达木盆地的西部，寻访阿吉老人之墓。老人是乌孜别克族，是第一位带领勘探队到青海寻找石油的向导。墓地在尕斯库勒湖畔，湖水全部来自昆仑山和阿尔金山融化的雪水，清澈如泪。湖水的尽头，便是地平线。站在湖边，遥望地平线，如同看大海和天相连，水天荡漾，天如水，水如天，是与别处不一样的感觉。

几十年前，一群和我年龄差不多的北京学生，也曾经来到这里。那时候，他们是支援三线建设，来到这里当石油工人的。他们和我们一样，也到这里来寻访阿吉老人。他们和我一样，也是站在尕斯库勒湖边，被那水天相连的地平线所吸引。和我不一样的是，他们竟然脱下鞋，挽起裤腿，走进湖水之中，向着那遥远的地平线走去。那个时代，对于我们这一代年轻人来说，拥有很多诱惑，膨胀着很多激情，便毫不犹豫地泼洒出最宝贵的青春。

想起这一切，地平线给予我的感觉，竟是那样复杂，一言难尽。

前些天，看到一篇文章，介绍画家何多苓的近况。何多苓的年龄，和我差不多，经历过同样的岁月颠簸。谈到最近的画作时，他说：以前，风景画中要有地平线，必须要用地平线体现一种诗意。他说，现在不会了，不必怀念年轻的自己。现在，他会更自由地画。

他的这番说辞，肯定有他经历沧桑况味之后的感悟。我想起他那幅有名的《春风已经苏醒》。记得当时在美术馆看到这幅油画的时候，我很感动。那种忧郁的调子，那种迷茫又充满渴望的情感，那种时代交替之际的隐喻，和同样出自四川的罗中立的那幅名画《父亲》截然不同。画中那个坐在草地上、咬着手指的小姑娘，望着画面之外的什么地方。什么地方呢？是遥远的地平线。

无论如何，我们经历了多少苦难、迷茫、失落，乃至付出整个青春甚至生命的代价，还是要相信，地平线是存在的。哪怕它在画面之外。

胡杨树

我从来没有见过这样的树。我完全被它惊呆、慑服,为它心潮澎湃而热血沸腾。真的,平淡的生活中,很难有这样的人与事,让我能够如此激动以至血液中腾起炽烈的火焰,更别说司空见惯的被污染的大气层玷污得灰蒙蒙的树了。这样的树却让我精神一振,一下子涌出生命本有的那种铺天卷地摧枯拉朽的力量来。

这便是胡杨树!

这样的树只有这大漠荒原中才能够见到。站在清冽而奔腾的塔里木河河畔,纵目眺望南北两岸莽莽苍苍的胡杨林,我的心中感受到一种从未有过的震撼,如同那汹涌的河水冲击着我的心房。

塔里木河两岸各自纵深四十余公里,是胡杨的领地。前后一片绿色,与包围着它的浓重的浑黄做着动人心魄的对比。这一片浓重的颜色波动着,翻涌着,连天铺地,是这里最为醒目的风景线。

真的,只要看见这样的树,其他的树都太孱弱渺小了。都说银杏树古老,一树金黄的小扇子扇着不尽的悠悠古风,能比得上胡杨吗?一亿三千五百万年前,胡杨就生存在这个地球上了。都说松柏苍翠,经风霜不凋如叶针般坚贞不屈,能比得上胡杨吗?胡杨不畏严寒酷暑,

肖 复 兴
散 文 精 选

不怕风沙干旱，活着不死一千年，死后不倒一千年，倒地不烂又一千年，松柏抵得上它这三千年如此顽强的生命力和宁折不弯、宁死不朽的性格吗？更不要说纤纤如丝摇弯腰枝的杨柳，一抹胭脂红取媚于春风的桃李，不敢见一片冰雪花的柠檬桉，不能离开温柔水乡的老榕树……

胡杨！只有胡杨挺立在塔里木河河畔，四十公里方阵一般，横空出世，威风凛凛。无风时，它们在阳光下岿然不动，肃穆超然犹如静禅，仪态万千犹如根雕——世上永远难以匹敌的如此巨大苍莽而诡谲的根雕。它们静观世上风云变幻，日落日出，将无限心事埋在心底。它们每一棵树都是一首经得住咀嚼和思考的无言诗！

劲风掠过时，它们纷披的枝条抖动着，如同金戈铁马呼啸而来，如同惊涛骇浪翻卷而来。它们狂放不羁地啸叫，它们让世界看到的是男儿心是英雄气是泼墨如云的大手笔，是世上穿戴越来越花哨却越来越难遮掩单薄的人们所久违的一种力量，一种精神！

远处望去，它们显得粗糙，近乎梵高笔下的矿工速写和罗中立笔下的父亲皱纹斑斑的脸。但它们都苍浑而凝重，遒劲而突兀，每一棵树都犹如从奥林匹亚山擎着火把向你奔来的古希腊男子汉。

走近看，每一棵树的树皮都皱裂着粗粗大大的口子，那是岁月的标记，是风沙的纪念，如同漂洋过海探险归来的航船，桅杆和帆上挂满千疮百孔，每一处疤痕都是一枚携风兵雷的奖章。每一棵树的树干都扭曲着，如同剽悍的弓箭手拉开强劲的弓弩，绷开一身赤铜色凸起饱绽的肌肉。每一棵的树枝都旋风般直指天空，如同喷吐出的蛇信，摇曳升腾的绿色火焰。

这样的树，饱经沧桑，参悟人生。它们把最深沉的情感埋在根底，把最坚定的信念写在枝条，把要倾吐的一切付与飞沙走石与日月星辰。这样的树，永远不会和大都市用旋转喷水龙头浇灌的树、豪华宴会厅

中被修剪得平整犹如女人刚剪过发的树雷同。

  我会永远珍惜并景仰这种树！我摘下几片胡杨树叶带回北京，那是儿子专门嘱咐我带给他的。树叶很小，上面有许多褐色斑点，如同锈的痕迹，比柳树叶还要窄、短，甚至丑陋。但儿子说北京没有这种树。是的，北京没有。

天坛墙根儿小记

天坛是明朝永乐年间所建，在北京城，是一座老园林，论辈分，颐和园都无法和它相比。如今，天坛在二环以里，交通方便，游人如织。我小时候，也就是20世纪50年代，天坛尚处城外，比较荒僻，四周大多一片农田、菜地或破旧的贫民住所。那时候，没有辟开东门，在东门这个地方，天坛的外墙有一个豁口，我们一帮孩子常踩着碎砖乱瓦，从这个豁口翻进天坛，省去了门票钱。记得那时的门票只要一分钱。

体育馆以及南边的跳伞塔和东边的幸福大街的居民区先后建成，有一路有轨电车叮叮当当开到这里，体育馆是终点站，到天坛才方便了些。天坛后来开了一扇东门，周围渐渐热闹起来，荒郊野外的感觉，在城市化的进程中被打破而成了历史的记忆。

记得小时候，我和小伙伴们有时会到天坛墙根儿玩。也怪，记不大清进天坛里面玩的事情了，只记得在天坛墙根儿黄昏捉蛐蛐，雨前逮蜻蜓的疯玩情景。那时候，家住打磨厂，穿过北桥湾和南桥湾，就到了金鱼池，过了金鱼池，就到了天坛墙根儿底下了，很近便。

后读陈宗蕃先生的《燕都丛考》，他说："天坛明永乐十八年建，

缭以垣墙,周九里十三步,今仍之。"他计算得真精确,连多出的那十三步都丈量出来了。他说的"今仍之"的"今",指的是民国二三十年。后来,天坛这一道九里十三步的外墙,被后建起来的单位和民居蚕食了不少。不过,西从天桥南口,东至金鱼池,也就是到如今的天坛东门这一带的外墙还完整。我小时候所到的天坛墙根儿,指的就是这一段。这一段墙根儿,一直到20世纪90年代初,是各种个体小摊贩的天下,紧贴墙根儿,一溜儿迤逦,色彩纷呈。靠近天坛东门,还有一处专卖花卉的小市场,好不热闹,颇似旧书中记载的清末民初时金鱼池一带平民百姓为生计结棚列肆的旧景再现,历史真有着惊人的相似。

天坛墙根儿内外,据说曾经生长有益母草,颇为引人眼目。《宸垣识略》中说:"天坛井泉甘洌,居人取汲焉。又生龙须菜,又益母草,羽士炼膏以售,妇科甚效。"《析津日记》里也说:"天坛生龙须菜,清明后都人以鬻于市,其茎食之甚脆。"

这都是前朝旧景,天坛井泉和益母草早就没有了。不过,我小时候,天坛有马齿苋。马齿苋没有益母草那样高贵,只是老北京普通百姓吃的一种野菜,想来,因其普通,生命力才更为旺盛,春来春去,一直延续生长,比益母草存活的年头更长一些。

就像益母草是学名,民间叫它龙须菜;马齿苋也是学名,旧日老北京人俗称之为长命菜,同益母草一样,也有药用。益母草须清明前后食之,马齿苋得到夏至这一天吃才有效。这固然属于民间传说,但也不无道理,因为夏至过后,是北京人称之为的"恶五月",天一热,虫害多了起来,疾病也容易多起来。吃马齿苋,可以消病祛灾,保佑长命。这一传统,有什么科学道理,我不懂,但和节气相关,来自民俗与民间,延续了很久。我母亲在世的时候,每年这时候都要到天坛墙根儿挖这种马齿苋。特别是在20世纪60年代闹饥荒的年月,粮食

肖　复　兴

散 文 精 选

不够吃，母亲常带着我和弟弟一起去挖，回家洗洗剁碎了包菜团子吃。

如今，漫说天坛墙根儿找不到一根马齿苋，就是到天坛里面，也找不到了。如今的天坛里面，原来空出的那些黄土地，早都种上了花草，春天是二月兰，夏天是玉簪，秋天，挖去一些草坪上的草，补种些太阳菊、串红、凤仙花、孔雀草等人工培植、剪裁整齐的花朵。

很长一段时间，沿着天坛墙根儿，尤其是西南和东南的一些地方，被后建的房屋侵占和蚕食，其中最突出的是天坛医院和口腔医院，还有便是一片民居，如二十世纪六七十年代在天坛东里盖起的一片为数不少的简易楼。如今，为了北京中轴线申遗，这些建筑绝大多数或腾退或迁移，还原了当年天坛轩豁的盛景，中间被外面楼房所阻断的地方被打通，天坛的墙根儿终于可以连接起来，几近陈宗蕃先生在《燕都丛考》中考察的那样，有着九里十三步的长度了。

人们往往只记着祈年殿清末时曾被大火烧毁的经历，其实，在历史的变迁之中，天坛墙根儿的命运一样跌宕周折，而且，缠裹的周期更长。如果说天坛是一本大书，祈年殿是天坛最为醒目的内容，那么墙根儿则是这本书的封面，或是封面上必不可少的腰封。

如今，天坛的墙根儿内修了一条平坦的甬道。西南和东南方向曾被阻断，甬道的有些地方便成了"盲肠"，后来，甬道彻底连接起来，如同循环畅通的水流。如今的墙根儿内，成了北京人晨练的好去处。每天清早，都会有好多人，身上穿着运动服，手腕上戴着计步器，在这里跑步或走步。即使雨雪天，也有不懈者在坚持。由于天坛外墙是一个圆，这条连接着东门、北门、西门和南门的圆形甬道，变成了运动场的一条塔当跑道。当初，建天坛的时候，古人认为天圆地方，是要让它和天相对应，是为了祭天，表达对天的景仰，哪里会想到如今可以蔓延出运动健身的新功能。

如今的天坛墙根儿外面，被整理维修得整整齐齐，曾经出现的琳

琅满目的个体户小摊，统统没有了踪影，一切像被吸水纸吸得干干净净。34路、35路、36路、72路、60路、106路好多路公交车，来往奔驰在天坛墙根儿下。每次经过天坛墙根儿或进天坛里面的时候，都会忍不住想起这一切，特别是马齿苋。才觉得时间并非是如水一样一去不返，因有过它们的存在，便有了物证一般，让流逝的时间不仅是可以追怀的，也是可以触摸的。

关于天坛墙根儿，还得说一件事。我有一个中学同窗好友，叫王仁兴。他刻苦好学，学习成绩一直很好，初中毕业，却因家庭生活困难，无法上高中继续读书，早早参加了工作。这让我很替他惋惜。我到过他家，在天桥附近，近似贫民窟。从他家出来后，走在车水马龙的大街上，我理解了他的选择，更理解了他的心情。

1968年，我去北大荒，两年后，回家探亲，有一天去大栅栏，路过珠宝市街，在壹条龙饭庄的后面，看见他坐在那里剥葱。他不甘心命运的安排，靠着刻苦自学，最终从一名店小二成为一位研究中国食品史的学者。其中面对命运艰难曲折的奋争，很是让我佩服。最近，他厚厚的600多页的大书《国菜精华》，由三联书店出版，他打电话给我，问清我的地址，要把书快递给我，顺便告我，他搬家了。

当我听他说搬到了金鱼池，心里有些吃惊。他原来住广安门，楼房质量高，居住面积宽敞，换到金鱼池，面积缩小了不少不说，金鱼池一带的房子质量远不如他原来的房子。我有些不解，如今，房子很是值钱，这么换房，值得吗？

他告诉我：“我一直有个夙愿，就是有一天能把家搬到天坛墙根儿来。现在，终于搬来了。告诉你，每天想逛天坛过了马路就是，近便不说，一到晚上，夜深人静，把窗子打开，就能听见天坛里风吹来松柏滔滔的声音，你知道那是什么感觉吗？"

他没有说那是什么感觉。他就是为听这松柏涛声，放弃了宽敞的好房子，搬到天坛墙根儿下。

王仁兴有些与众不同。在我的同学中，像他这样与众不同的，不多。就为了贴近天坛墙根儿，每天夜里都感受到从天坛里面吹来的看不见摸不着的松风柏韵？如此对天坛墙根儿富有感情的，我找不出第二人。

第四章
乡愁的滋味

小满

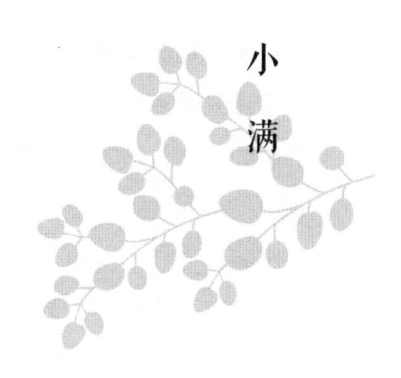

二十四节气中，有几个，我一直不甚了了。小满是其中一个。

最初认识小满，是读孙犁先生的小说《铁木前传》，里面有个人物，名字叫小满，是个十九岁的姑娘，性格活泼，挺招人喜欢的。她和孙犁先生以前笔下的女人不一样，甚至有些另类。我猜想，孙犁先生给她起这样的名字，就是让她在那个变革的年代里，更充满对爱和对新生活的渴望吧？而只有在这样年轻的时候，才会有这样清新的朝气和天真的憧憬。

最近上映的电影《万物生长》，男主人公秋水初恋情人的名字，也叫小满。这可是真有点儿英雄所见略同。当然，我国的二十四节气，适合给人起名字，这里暗合着民俗中的文化密码。这个小满十七岁，和孙犁的小满一样，也是对爱情和新生活充满渴望和憧憬，让人心存怜爱。也许，在文学作品里，只有初恋小姑娘的名字，才可以叫小满吧。

小满小满，小麦渐满。民谣里这样说，说的是小满节气的到来，小麦刚刚灌浆，青青的麦穗初露，远非到了一片金黄的成熟时候。节气和姑娘初恋的形象完全吻合，和那时姑娘的生理与心理完全吻合：

肖　复　兴
散　文　精　选

只是小满，远非丰满；只是灌浆初始的青涩初恋，远非血脉偾张的炽烈热恋；只是麦穗在初夏的风中羞涩地轻轻摇曳，和清风说着似是而非的缠绵情话，远非在酷烈的热风中沉甸甸垂下金碧辉煌的头，摆出一副曾经沧海看穿一切，万事俱备只待开镰收割的骄傲样子。

小满，真是人生的一个好节气。如果说料峭的立春和春分，还是个不谙世事的小姑娘，萧瑟的小雪和小寒，已是一头霜雪的老太太了；小满则是立在这两者之间最富有生机和朝气的年轻姑娘。这个时候的姑娘，涉世未深，清浅如水，却已不再是一汪雨过地皮湿没心没肺的小水泡，更不是一潭幽深莫测的桃花水。

纵使孙犁笔下的小满，是泛着载不动许多愁的一泓池水；纵使电影屏幕中的小满，是连一叶扁舟都没有驶向对岸的一湾湖水，却都是清澈的还没有被污染的水。小满，之所以让人怜爱，正在于此。世界上还有比初恋更让人觉得美好而值得回忆的吗？初恋是小荷才露尖尖角，是轻翰掠雨绡初剪，是圆荷浮小叶，细麦落轻花，那样的清浅可爱，那样的天真纯洁，那样的美好动人。

小满大风，树头要空。这是另一句民谣，说的是在小满时节，忌讳刮大风。因为树的枝头上结出的果实尚未饱满，禁不住大风，会被吹掉。人生中对待同样时候的孩子们，切忌的也是大风来袭。

有一段时间，也就是我们年轻的时代，讲究的是年轻人要到大风大雨中去锻炼。那时候，高尔基的一篇《海燕》格外风靡，号召年轻人像海燕一样，让暴风雨来得更猛烈些吧！自然，这一切都是那个过去时代的口号。人生和节气一样，不是口号，而是自然的过程，要遵循客观规律才是。小满时，哪里经得住大风甚至暴风雨的洗礼呢？正如民谣所说，小满大风，树头要空。我们那一代人的青春是两手空空，就像林子里的过火木一样，徒留下历史大风掠过之后千疮百孔的痕迹斑斑。

在北大荒，这个节气正是放蜂人来此安营扎寨的时候。这时候，林中树木的各种花相继盛开了。有民谣说，小满时候置蜂箱，放蜂酿蜜好风光。北大荒的椴树蜜和野花蜜，一直很有名。大自然懂得，小满是蜜蜂采花酿蜜的好时候。我们人更应该懂得，人生的小满时节，是年轻人花朵般开放的初恋好时候，少挑刺多栽花，少刮风多酿蜜，才是正经的事由。

芒种之忙

芒种,是二十四节气中重要的一个节气。读中学的时候,每年都要有一次下乡劳动,一般都会选在芒种季节,因为这时候北京郊区的麦子黄了,正待收割。我们中学那时候常去南磨房乡帮助老乡收麦子,在乡间,我从老农那里学到一个谚语"杏黄麦熟"。收完麦子回家到市场一看,果然摊子上到处都有卖杏的。我把学到的这个谚语"杏黄麦熟"写进作文里,得到老师的表扬。

节气,真的神奇,像是一位魔术师,自然界的一切都逃脱不了节气变换的色彩晕染。芒种,乡间是麦子的一片金黄,城里没有麦子,也得派橙黄橙黄的杏来诉说这个节气中的一点儿心思。

那时候,觉得南磨房乡离城里很远。现在,早已经成为城区的一部分。我现在居住的潘家园,就位于南磨房管辖范围之中。东三环远近一片林立的楼群,原来就是我读中学时候下乡收割麦子的田野。世事沧桑,城市化的飞速进程让节气变得只剩下了日历上的一个符号,起码,芒种节气中,属于北方的那一片梵高才能挥洒出的金黄颜色,已经很难见到了。

其实,芒种不仅是一个收获的季节,还是一个播种的季节。在北

方,是磨镰忙收麦子;在南方,则是忙稻子插秧。过去学过一首古诗,其中有一句:乡村四月闲人少,才了蚕桑又插田。虽然说的是比芒种节气略早一些时候,却一样可以看出南方播种时的忙乎劲儿了。

在我的理解中,芒种的"芒",指的是收割麦子;芒种的"种",指的是播种稻子。一个节气里既包含收获,又包含播种,在二十四节气中是绝无仅有的,足见芒种这个节气内容之丰富。可以想象一下,在这样节气里,有这样两种鲜艳色彩在交织,一种是麦子金黄一片,一种是稻秧碧绿一片;一边是北方独属的热辣辣的阳光灿烂,一边是南方特有的子规声里细雨如烟。如此辉映在一起,让成熟和成长在同一时刻呈现,是哪一个节气中可以有的辉煌壮观景象?

芒种这个节气,对于农事的重要性便也尽显在这里了。所以,过去有民谚一直流传至今,叫作"春争日,夏争时"。这里的夏,指的就是芒种这个既要收获又要播种的节气,其忙碌的程度要以"时"来计算,远超过春节以"日"来计算的。过去还有一句谚语,叫作"芒种芒种,忙收忙种",说的就是这个节气的忙碌劲儿。在这里,充分显示了我国语言的丰富性,是将芒种中带芒农作物的"芒"字,谐音化为"忙",一语双关,涵盖南北,将繁忙而丰富的稼穑农事浓缩在两个字中,实在是我国二十四节气得天独厚的本事,农业时代中很多乡间的文化密码都蕴含其中了。

说起芒种,我总会忍不住想起40多年前在北大荒插队的时候,也是在麦收之后。只不过,在北大荒,麦子收割要晚于芒种一些时日。麦收之后,农闲时刻,我到当地一个姓曹的老农家借书。别看是老农,因是从原沈阳军区复员的军人,从沈阳带了很多书到北大荒,他家成为我很长一段时间的图书馆。那是我第一次去他家,看见他翻开一个红漆立柜,这种立柜在乡间一般是盛放米面的柜子。他却从里面掏出了一本本的杂志,我一眼看到,是《芒种》,封面有齐白石题写的刊名"芒种"两个醒目的墨笔大字。我凑过去一看，柜子里全是《芒种》杂志。他笑着告诉我，他有从1957年创刊到1966年停刊的全部《芒种》。

那些《芒种》成了我学习文学的范本。我就是从那时候开始学习写作的。一晃竟然43年过去了，芒种，芒种，43年前，我频繁从老曹家借阅《芒种》，也够一阵紧忙乎的了。想想，那应该是我的播种也是我的收获季节。

消失的年声

如今，年的声音，最大保留下来的是鞭炮。随着都市雾霾天气的日益加重，人们呼吁过年减少燃放甚至禁止鞭炮，鞭炮之声，越发岌岌可危，以致最后消失，也不是不可能的事情。

其实，年的声音丰富得多，不止于鞭炮。只是岁月的流逝，时代的变迁，让年的声音无可奈何地消失了很多，以至于我们遗忘了它们而不知不觉，甚至觉得理所当然或势在必然。

有这样两种年声的消失，最让我遗憾。

一是大年夜，老北京有这样一项活动，把早早买好的干秋秸秆或芝麻秆，放到院子里，呼喊街坊四邻的孩子，跑到干秋秸秆或芝麻秆上面，尽情地踩。秆子踩得越碎越好，越碎越吉利；声音踩得越响越好，越响越吉利。这项活动名曰"踩岁"，要把过去一年的不如意和晦气都踩掉，不把它们带进就要到来的新的一年里。满院子吱吱作响欢快的"踩岁"的声音，是马上就要响起来的鞭炮声音的前奏。

这真的是我们祖辈一种既简便又聪明的发明，不用几个钱，不用高科技，和大地亲近，又带有浓郁的民俗风味。可惜，这样别致的"踩岁"的声音，如今已经成为了绝响。随着四合院和城周边农田逐

肖　复　兴
散　文　精　选

渐被高楼大厦所替代，秫秸秆或芝麻秆已经难找，即便找到了，没有了四合院，也缺少了一群小伙伴的呼应，"踩岁"简单，却成为一种奢侈。

另一种声音，消失得也怪可惜的。大年初一，讲究接神拜年，以前，这一天，卖大小金鱼儿的，会挑担推车沿街串巷到处吆喝。在刚刚开春有些乍暖还寒的天气里，这种吆喝的声音显得清冽而清爽，充满唱歌一般的韵律，在老北京的胡同里，是和各家开门揖户拜年的声音此起彼伏的，似乎合成了一支新年交响乐。一般听到这样的声音，大人小孩都会走出院子，有钱的人家，买一些珍贵的龙睛鱼，放进院子的大鱼缸里；没钱的人家，也会买一条两条小金鱼儿，养在粗瓷大碗里。统统称之为"吉庆有余"，图的是和"踩岁"一样的吉利。

在话剧《龙须沟》里，即使在龙须沟那样贫穷的地方，也还是有这样卖小金鱼儿的声音回荡。如今，在农贸市场里，小金鱼儿还有得卖，但沿街吆喝卖小金鱼那唱歌一般一吟三叹的声音，只能在舞台上听到了。

年的声音，一花独放，只剩下鞭炮，多少变得有些单调。

过年，怎么可以没有年的味道和声音？仔细琢磨一下，如果说年的味道，无论是团圆饺子，还是年夜饭所散发的味道，更多来自过年的"吃"上面；年的声音，则更多体现在过年的玩的方面。再仔细琢磨一下，会体味到，其实，通过过年这样一个形式，前者体现在农业时代人们对于物质的追求，后者体现人们对于精神的向往。年味儿，如果是现实主义的，年声，就是浪漫主义的。两者的结合，才是年真正的含义。不是吗？

年灯

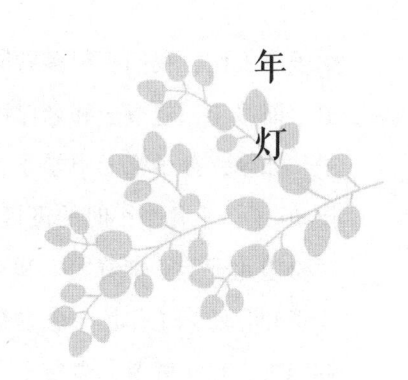

去年的大年夜，我家后面老爷子家的那盏年灯，在他家封闭阳台的落地窗前，照往年一样，又亮了起来。

老爷子是位老北京，讲究老理儿。老爷子家这盏年灯，好几年过年的时候，都在点亮。从我家的后窗一眼就能望见，正对面老爷子家阳台窗前的这盏年灯，就这样一直亮到正月十五满街花灯绽放的时候。如今，满北京城，如老爷子这样坚持守候过年老理儿的人，不多见了。

每年过年期间，望着老爷子家这盏年灯，我都会想起自己年轻的时候，那时候母亲还在世，不管晚上我回家多晚，她老人家都会让家里的灯亮着。每次骑着自行车回家，四周房屋里的灯光都没有了，一片漆黑，老远，老远，一望见家里那盏橘黄色的灯，灯光闪亮着，跳跃着，像跳跃着一颗小小的心脏，我的心里便会充满温暖，知道母亲还没有睡，还在等着我。母亲去世之后，我晚上回家，再也看不见那盏橘黄色的灯光了，好长一段时间都不适应，心里都会有些伤感。对于我，灯，就是家；灯下，就是母亲。无论你回来有多晚，无论你离家有多远，灯只要在家里亮着，母亲就在家里等着。

因为老爷子和我的儿子都在美国，一样读完博士，在美国成家、

肖　复　兴
散 文 精 选

生子、工作，我们有很多共同的话题，比较熟，也比较说得来。我知道，前些年，老爷子和老伴还常常去美国，看他的儿子，帮助带带孙子。如今，孙子都上中学了，老爷子真的老了。他不止一次对我说：快80了，十几个小时的飞机坐不了喽，前列腺不争气，总得上厕所。便盼望儿子能够带着媳妇和孙子回来过一回春节。盼了好几年，不是儿子和儿媳妇工作忙，就是孙子春节期间正上学请不了假，都没有能够回来。每年春节，老爷子家阳台的窗前，都亮起了年灯。

　　去年老爷子家的这盏年灯，变了花样。以往，都只是一盏普通的吊灯，半圆形乳白色的灯罩，垂挂着一只暖色的节能灯。有时候，为了增添一些过年的气氛，老爷子会在灯罩上蒙上一层红纸或红纱。去年，换成了一盏长方形的八角宫灯，下面垂着金黄色的穗子，木制，纱面，上面绘着彩画，因为距离有点儿远，看不清画的是什么，但五颜六色的，显得很漂亮，过年的色彩，一下子浓了。不知道老爷子是从哪儿淘换了这么一个玩意儿。

　　老爷子家的这盏年灯，就这样又像往年一样，在大年夜里亮了一宿。烟花腾空，缤纷辉映在他家窗前的时候，暂时遮挡了年灯，但当烟花落下之后，年灯又亮了起来。让我觉得特别像是大海里的浪涛，一浪一浪翻滚过后，只有礁石立在那里不动。那岿然不动的样子，那执着旺盛的心气，颇有点儿像老爷子。

　　大年初一过去了，大年初二也过去了……老爷子的年灯，就这么一直亮着。在整个小区里，不知道还有没有什么人，会注意到有这样一盏年灯；在偌大的北京城，不知道还有没有什么人，能守着这么一份过年的老理儿，点亮这样一盏守候着亲人回家过年的年灯。

　　一天半夜里，我起夜，在厕所的后窗前瞥见那盏年灯，无月无星只有重重雾霾的夜色里，它比一颗星星还亮，亮得如同一个旷世久远的童话。心里不禁有些感慨，既为老爷子，也为老爷子的儿子，同时，

也为自己。

　　大年初五的早晨，我起床后，从后窗望去，忽然发现，老爷子家阳台落地窗前的那盏年灯，没有了。这一天的天气难得格外的晴朗，太阳斜照在他家阳台的落地窗上，明晃晃地反光，直刺我眼睛。我以为眼花了，没有看清。定睛再细看，年灯真的没有了。

　　正有些奇怪，看见一个男人领着一个十几岁的男孩子，走进阳台，他们都穿着一身运动衣，两人做起了体操来。不用说，老爷子的儿子和孙子回家了。虽然没有赶上年夜饭，毕竟赶上了当天晚上破五的饺子。离正月十五还有 10 天，年还没有过完呢。

　　又要过年了，想起老爷子的那盏年灯。

大年夜

我家住的小区里,有家理发店,十四年前,我刚住进这个小区,它就存在。十四年来,花开花落,世事如风,变迁很大,它的老板始终是一个人。什么事情,能够坚持十四年恒定不变,都不容易,都会老树成精的。

因为常去那里理发,我和这位老板很熟,知道每年春节前是他生意最好的时候,他会坚持到大年三十的晚上,一直送走最后一位客人,然后回江西老家过年。他买好了大年夜最后一班的火车票,他说虽然赶不上吃大年夜的团圆饺子,但这一天车票好买,火车上很清静,睡一宿就到家了。

今年年前,因为有些事情耽搁了,我一直到了大年三十的晚上,才去他那里理发。因为去的时间毕竟晚了,进门一看,伙计们都已经下班,店里只剩下他一人,正要拔掉所有的电插销,关好水门和煤气的开关,准备关门走人了。他热情地和我打过招呼,把电插销重新插上,拿过围裙,习惯性地掸了掸理发椅,让我坐下。我有些抱歉地问他会不会耽误他乘火车的时间。他说没关系,理你的头发不费多少时间的。

我知道，理我的头发确实很简单，就是剪一下，洗个头，再吹个风。不到半个小时，就完活儿了。但毕竟有些晚了，还是有些抱歉。迎来送往的客人多了，理发店的老板都是心理学家，一般都能够看出客人的心思。他看出我的心思，开玩笑对我说，怎么我也得送走最后一个客人，这是我们店的服务宗旨。

就在他刚给我围上围裙的时候，店门被推开了，进来一位三十来岁的女人，急急地问：还能做个头吗？老板对她说：行，你先坐，等会儿！那女人边脱大衣边说，我一路路过好多家理发店都关门了，看见你家还亮着灯，真是谢天谢地。

等她坐下来，我隐隐地替老板担忧了。因为老板问她的头发怎么做，她说不仅要剪短，要拉直，而且关键是还要焗油，这样一来，没有一个多小时，是完不了活儿的。等她说完这番话时，我看见老板刚刚拿起理发剪的手犹豫了一下。

显然，她也看出来了老板这一瞬间的表情，急忙解释，带有几分夸张，也带有几分求情的意思说：求你了，待会儿，我得跟我男朋友一起去见他妈，我是第一次到他家，而且还是去过年。虽说丑媳妇早晚得见公婆，但你看我这一头乱鸡窝似的头发，跟聊斋里的女鬼似的，别再吓着我婆婆！

老板和我都被她逗笑了。老板对她说：行啦，别因为你的头发过不好年，再把对象给吹了。

她大笑道：您还是真说对了，我这么大年纪，也是属于"圣（剩）斗士"了，找这么个婆家不容易。

我知道，时间对于老板的紧张，赶紧向老板学习，愿意成人之美，便让出了座位，对老板说：你赶紧先给这位美女理吧，我不用见婆家，不急。她忙推辞说，那怎么好意思！我对她说，老板待会儿还得赶火车。她说，那就更不好意思了。但我抱定了英雄救美的念头，把她拉

151

肖 复 兴

散 文 精 选

上了座位,然后准备转身告辞了。老板一把拉住我说,没你说的那么急,赶得上火车的。正月不剃头,你今儿不理了,要等一个月呢!我只好重新坐下,对老板说,那你也先给她理吧,我等等,要是时间不够,就甭管我了。

那女人的感谢,开始从老板转移到我的身上。老板麻利儿地做完她的头发,让她焕然一新。都说人靠衣装马靠鞍,其实人主要靠头发抬色呢,尤其是头发真的能够让女人焕然一新。但是,时间确实很紧张了,老板招呼我坐上理发椅时,我对他说,不行就算,火车可不等人。老板却胸有成竹地说,没问题,你比她简单多了,一支烟的工夫就得!

果然,一支烟的工夫,发理完了。我没有让他洗头和吹风,帮他拔掉电插销,关好水门和煤气的开关,拿好他的行李,一起匆匆走出店门的时候,看见那女人正站在门前没几步远的一辆丰田车的旁边,挥着手招呼着老板。我和老板走了过去,她对老板说:上车,我送您上火车站。看老板有些意外,她笑着说,走吧,候着您呢。老板不好意思地说,别耽误了你的事,她还是笑着说,这时候不堵车,一支烟的工夫就到。

丰田车欢快地跑走了。小区里,已经有人心急地燃放起了烟花,绽放在大年夜的夜空,就像突然炸开在我的头顶,挺惊艳的。

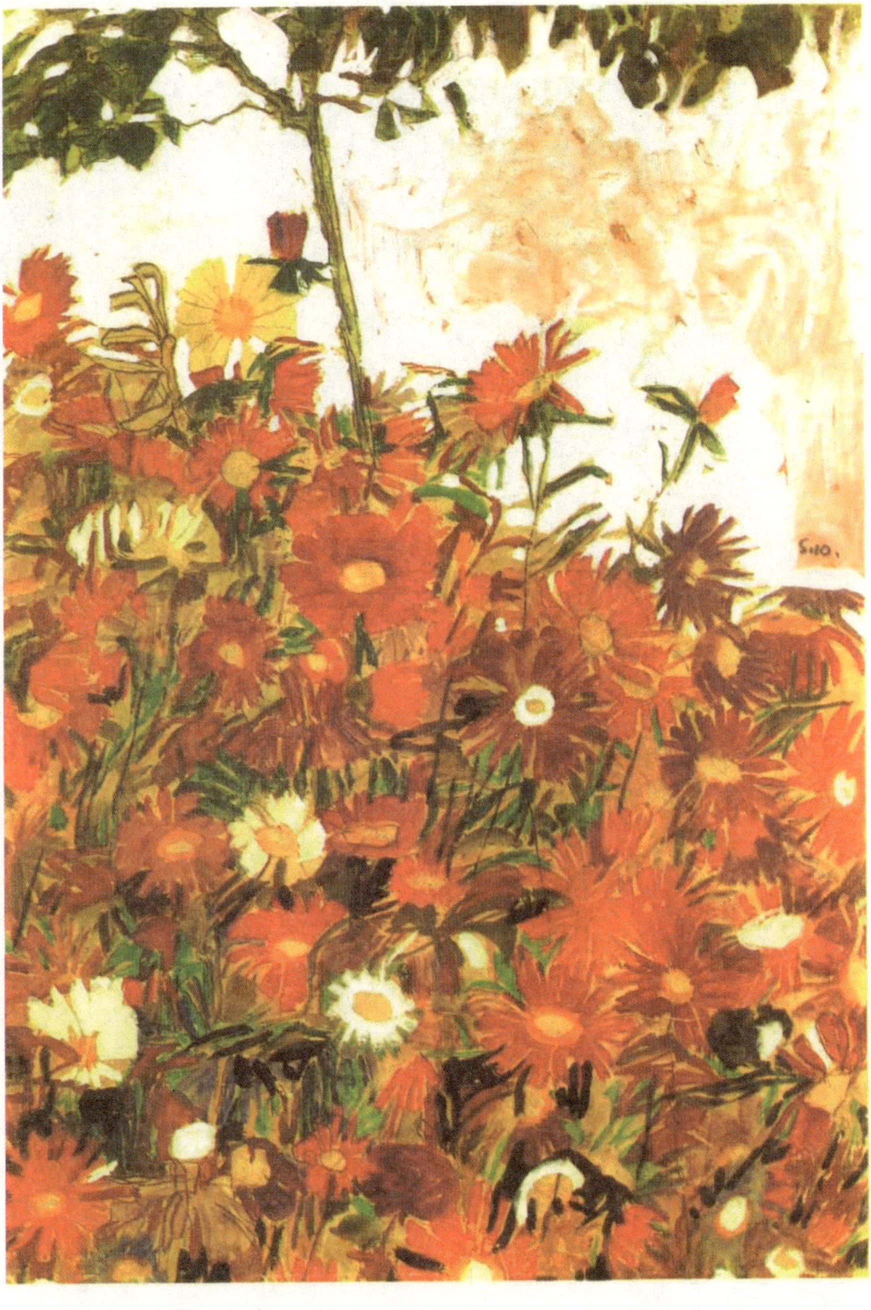

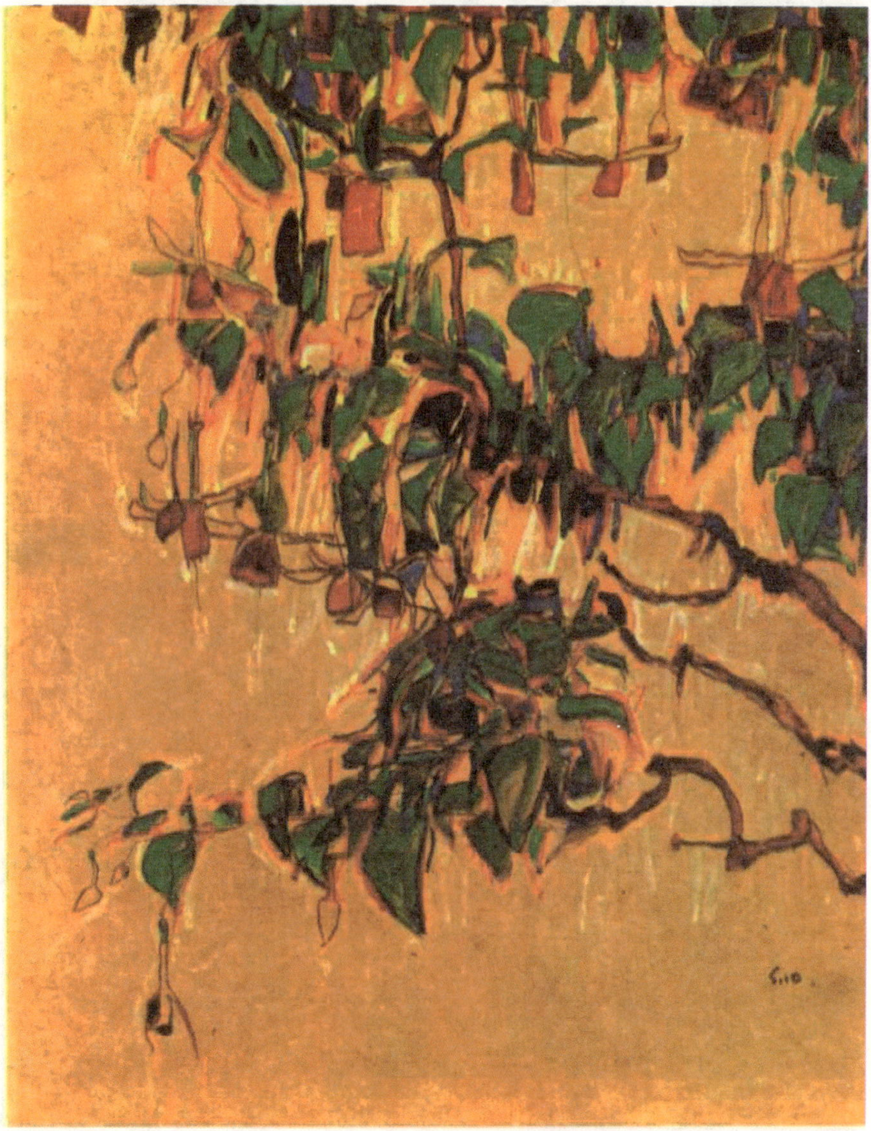

老北京的门联

我一直以为，门联最见老北京的特色。这种特色，成为北京的一种别致的文化。国外的城市里，即便有古老宏伟的建筑，建筑有沧桑浑厚的门庭，但它们没有门联。就像它们的门庭内外有可以彰显它们荣耀的族徽一样，北京的门联，就是这样的族徽一般醒目而别具风格。有据可考，北京最早的门联出现在元代之初，元世祖忽必烈请大书法家赵孟頫写了这样一副门联：日月光天德，山河壮帝居。可见门联在北京的历史之久了。当然，这样的帝王门联，是悬挂在元大都的城门之上的。我这里所说的门联，是指一般人们居住的院子大门上的那种。但我相信彼此只有地位的不同，其形态与意义，是相似的，也可以说，是一脉相承的。北京院落大门之上的门联，是忽必烈门联的变种，衍化而已，就像皇家园林变成了四合院里的盆景。

说起北京的门联能够兴起，和老北京城的建筑格局有关。老北京的建筑格局是有自己的一套整体规划的。从紫禁城到左祖右社、四城九门，一直辐射到密如蛛网的街道胡同，再到胡同里的大宅门四合院，再到四合院的门楼影壁屏门庭院走廊，一直到栽种的花草树木，都是非常讲究的，是配套一体的。而作为老北京最具有代表性特征的四合

肖　复　兴

散 文 精 选

院，大门是给人的第一印象，就像给人看的一张脸，所以叫作门脸儿，自然格外重视。老北京四合院大门，皇帝在时，是不允许涂红色，都是漆成黑色的，只有到了民国之后，大门才有了红色。所以，现在如果看到那种古旧破损的黑漆大门，年头是足够老的了，而那种鲜亮的红漆大门，大多是后起的暴发户。

老北京四合院的大门，一般都是双开门，这不仅是为了大门的宽敞，而是讲究中国传统的对称，这就为门联的出现和普及提供了方便，门联便也就成了大门的一种独特组成部分。这种最讲究词语和词义对仗的门联，和左右开关的对称大门，正好剑鞘相配，一拍即合。在老北京，这样的四合院大门上，是不能没有门联的，门联内容与书写水平的高低，体现着主人的文化，哪怕是为了附庸风雅呢，也得请高手来为自己增点儿门面——你看，提到了这个门面的词儿，北京人，一贯是把门和脸放在一起等同看待的。

现在，外地人外国人看北京，看什么呢？胡同越来越少了，四合院越来越少了，大门上的门联，一般都得有百年左右的历史，随着岁月风霜的剥蚀，本来就已经所剩不多，这样的胡同和四合院大批量的拆迁，自然也就越发难以见到了。我还发现，前几年曾经亲眼看见的门联，现在，有的已经看不清楚了，有的索性连门带院都夷为平地了，许多你认为美好有价值的事物，被当成废土垃圾一起清除，好像一切以新建大楼的建筑面积来计算价钱了，而且还能够翻着跟头一样连年翻番。

我只能把我这几年跑街穿巷所看到的一些门联，赶紧介绍给大家，有兴趣者，可以前往一观，兴许过不了多久，它们便再也看不见了——

"诗书修德业，麟凤振家声"；

"读书使佳，好善最乐"；

"多文为富,和神当春";

"绵世泽不如为善,振家业还是读书";

"芳草瑶林新几席,玉杯珠柱旧琴书";

"忠厚培元气,诗书发异香"。

这几副门联,都是讲究读书的,我们的祖先是崇尚万般皆下品,唯有读书高的。所以,老北京的门联里,这类居多,最多的是"忠厚传家久,诗书继世长"。这几副门联,写的意思是一样的,但特色不一样,要我来看,"多文为富,和神当春",写得最好。如今,讲究一个"和"字,但谁能够把"和"字当作神和春一样虔诚地看待呢?又有谁能够把文化的多少决定着你未来富有的基础来对待呢?再看"忠厚培元气,诗书发异香",以前院子的主人是一个卖姜的,你想想,一个卖姜的,都讲究诗书,多少让现在我们的大小商人脸红。

"经营昭世界,事业震寰球";

"及时雷雨舒龙甲,得意春风快马蹄";

"恒占大有经纶展,庆洽同人事业昌"。

这三户主人都是商家,但三副门联写得直白而坦率。老北京,这类门联也颇多,最有代表性的莫过于"生意兴隆通四海,财源茂盛达三江"了。

同为商家,"吉占有五福,庆集恒三多",写得略好,吉庆也是商家的字号,嵌在联里面;五福即寿、富、康、德和善终;三多即多福多寿多子孙;都是吉利话,但具体了一些。

"源头得活水,顺风凌羽翰""源深叶茂无疆业,兴远流长有道财","道因时立,理自天开",这三副,前两副都说到了经商之"源",后两副都说到了经商之"道",第一副比第二副说得要好,好在含蓄而有形象;第三副比第一、二副说得也好,这是一家当铺,后来当过派出所,不管干什么,都得讲究个道和理,好就好在把道和理说得与时世和天理相关，让人心服口服，有敬畏之感，不敢造次。

再看，"定平准书，考货殖传"，"平准"和"货殖"均用典，货殖即是经商；平准，则是在汉朝时就讲究的经商价格的公平合理，那时专门设立了平准官；虽然显得有些深奥，但讲的是经商的道德。

"生财从大道，经营守中和"，说得朴素，一看就懂，讲究的同样是经商的一个道德，前后对比，却是一雅一俗，古朴兼备，见得不同的风格。

能够将门联既作得有学问，又能够一语双关，道出自身的职业特点的，是这类门联的上乘，也是更为常见的。"义气相投裘臻狐腋，声名可创衣赞羔羊"，一看就是经营皮货买卖的，是户叫义盛号的皮货商。"恒足有道木似水，立市泽长松如海"，一看就是经营木材生意的，而且将自己的商号含在门联的前一个字中，叫恒立。能够让人驻足多看两眼，门联就是他们的漂亮而别致的名片。

将门联作为自己的名片，让人一眼看到就知道院子主人是干什么的，也是北京门联的一个特点，一种功能。比如卖酒的：杜康造酒，太白遗风；看病的：杏林春暖，橘井泉香；洗澡的：金鸡未唱汤先热，玉板轻敲客远来；剃头的：虽为微末生意，却是顶上功夫……可惜的是，这里好多在小时候还曾经看到过的门联，如今已经难得再见。我见到的，只有北大吉巷43号的：杏林春暖人登寿，橘井宗和道有神。那是老中医樊寿延先生的老宅。还有钱市胡同里几副：增得山川千倍利，茂如松柏四时春；全球互市翰琛书，聚宝为堂裕货泉；万寿无疆逢泰运，聚财有道庆丰盈；聚宝多流川不息，泰阶平如日之升。都是当年铸造银锭的小作坊。

当然，在门联中，一般住户，不在意那些的一语双关，着意家庭的更多，或祝福家声远播，家业发达——

"河内家声远，山阴世泽长""世远家声旧，春深奇气新""子孙

贤族将大,兄弟睦家之肥"。

或祝福合家吉祥,太平和睦——

"居安享太平,家吉征祥瑞""家祥人寿,国富年丰""瑞霞笼仁里,祥云护德门"。

或期冀水光山色,朋友众多,陶冶性情——

"山光呈瑞泉,秀气毓祥晖""圣代即今多雨露,人文从此会风云""林花经雨香犹在,芳草留人意自闲"。

但更多的还是讲究传统的道德情操——

"惟善为宝,则笃其人",讲的是一个善字。"恩泽北阙,庆洽南陔",诗经里有"南陔"篇,讲的是一个孝字。

"文章利造化,忠孝作良园",讲了一个孝字,又讲了一个忠字。

"门前清且吉,家道泰而康",讲的则是做人的清白。"芝兰君子性,松柏古人心",讲的则是心地品性。只不过,前者说得直截了当,后者用了比兴的古老笔法。而"古国文明盛,新民进化多",则可以看出完全是紧跟民国时期的新潮步伐了。

最有意思的是,草厂五条27号,它原来是湖南宝庆会馆,很深的左右两层大院,高台阶,黑大门,那副门联不是在大门上,而是刻在门两旁的塞余板上,很特殊。"惟善为宝,则笃其人"。

遗憾的是,我所看到的,仅仅是老北京门联的一小部分了,不知还有多少精彩的,已经和我们失之交臂。仅就我听说的,原广渠门袁崇焕故居就有:自坏长城慨古今,永留毅魄壮山河。大外廊营谭鑫培英秀堂老宅有:英杰腰间三尺剑,秀士腹内五车书。烂漫胡同东莞会馆有:奥峤显辰钟故里,蓟门风雨引灵旗。海柏胡同朱彝尊故居的古藤书屋有:一庭芳草围新绿,十亩藤花落古香。粉房琉璃街的新会会馆有:新诗日下推新彦,会客花间话早朝……当然,再往前数,在曾朴的《孽海花》里,还记录着保安寺街曾经有过的一副有名的门联:

肖　复　兴
散　文　精　选

保安寺街藏书十万卷，户部员外补阙一千年。此门联民国时还在，曾经让朱自清先生流连颇久。自然，那都是前尘往事，显得离我那样的遥远了。

我最喜欢的是在东珠市口大街的冰窖厂胡同曾经有过的一副门联：地连珠市口，人在玉壶心。以玉壶雅喻冰窖厂，地名对仗得如此工整和古趣，实在难得。我一连去冰窖厂胡同多次，都没有找到这副门联；也曾多方向老街坊打听，也没有打听到这副门联曾经出现在哪一家院落的大门上。

有一阵子，我迷上了门联，胡同串子似的到处乱窜，像寻宝一样地寻觅门联。因为我心里隐隐地感觉，这样的门联，也许快要成为"夏季里最后一朵玫瑰"了。有一次听人告诉我，在宣武门外校场口头条47号有一副门联，格外难认，却保存完好，我立刻赶过去，一看，像小篆字，又像钟鼎文，古色古香，其中几个字，我也认不得。一打听，才知道门联是：宏文世无匹，大器善为诗。再一打听，此院原住的是我汇文老校友、前辈学者吴晓玲先生，这样的门联只有他这样学富五车的人才匹配。去的时候，正是夏天，院子里有两棵大合欢树，绯红色的绒花探出大门，与门联相映成趣，很是难忘。

还应该补充这样几个门联，都是独眼一般半副。一在南柳巷林海音故居对面51号，右边半扇门上，"香光随笔是为画禅"。一在杨梅竹斜街90号，左边半扇门上，"合力经营晏子风"。后者，大院里新搬来一户，就住在大门的右边，为了把房子往外扩大一些，就把右边的大门给卸了，换上了一扇小门，便只剩下了这半副门联，这么多年来，让晏子一人孤胆英雄一般独挡风雨。

另一在长巷五条路东一个小院，只剩下半扇门，摇摇欲坠，破裂得木纹纵横，但暗红色漆皮隐隐还在，凸刻着"荆楚家风"。过了几天，我路过那里，门联没有了，换上了两扇新门，涂着鲜红的油漆，

像张着涂抹劣质口红的两瓣嘴唇。

真的,在越来越多的四合院和胡同的拆迁下,在越来越多的高楼挤压下,我觉得这样的门联快看不见了,或者说要看以后得去博物馆看了。在唯新是举的城市建设思维模式下,大片的老街巷被地产商所蚕食,拔地而起的高楼大厦,似乎要比四合院更有价值,却不知道没有四合院的依托,北京城还是北京城吗?没有了四合院,那些存活了近百年的门联,上哪儿去看呢?那些同欧洲房子前的雕塑和族徽一样,是北京自己身份的证明呀。我们就像狗熊掰棒子,为了伸手摘取自以为是的东西,轻而易举地丢弃了最可宝贵的东西。

前两天,我陪来自美国的宝拉教授去大栅栏,特意去了一趟钱市胡同,窄窄的胡同里,静无一人,那几副老门联还在,只是有的已经字迹模糊了。其实我才两三年没去那里,日月风霜的剥蚀,比想象的要快。

老北京的门联啊!

风中的字

春节早过去了,年三十那件事却总还在眼前晃。

我家街对面是潘家园市场,这一天,较往常的人满为患虽然清静了不少,但依然有市声喧嚣,就连便道上都有人摆摊,不过,卖的大都是过年的窗花、对联,也有一些自己书写的书法作品。到黄昏的时候,这些零星的小摊早都收拾好家伙什回家过年了。只有一个人在寒风中坚持着。

这是一个中年人,听口音是河北沧县人,沧县是我的老家,一听就能听得出来,便感到有些亲切。我在马路这边就看见了他,穿着一件枣红色的羽绒服,在便道隔离的栏杆前,他正在弯腰收拾地上摆着的东西。长长一溜儿的便道上,硕果仅存地只剩下他一个人,显得格外醒目。在街这边看,他的身前是一座绿色的报刊零售亭,早已经挂上了门板,但绿色的亭子和他身后白色的栏杆、街树的枯枝、市场灰色的外墙、颜色艳丽的广告牌,这些静物和他组合在一起,构成了一幅画。如果作为新年画,怪有意思的。

我过了马路,除了地上还摊着两幅书法,他已经收拾好东西,正准备要走。我匆匆瞥了一眼地上的两幅字,一幅隶书,一幅行草,尺

幅都不小，没来得及仔细看，只是客气地和他打过招呼，知道卖的都是他自己写的书法作品。问了句今天卖的行情可好？他摇摇头说今儿不行，一幅也没卖出去。又问这么晚了回沧县过年吗？他说在北京租有房子，全家今年都在这儿过年了。然后，彼此拜了个早年就分手了。寒风中，看见他的身影，显得有些孤独和凄清，怎么都感觉像是巴金《寒夜》里的人物。

办完事，我原路返回，天已经彻底黑了下来，路灯早亮了，倒悬的莲花一般，盛开在寂静的街道旁。路过报刊零售亭的时候，忽然看见门板上贴着两幅书法，在街灯的映照下，白纸黑字，非常打眼。看出来了，是刚才那个中年男人摊在地上的那两幅字，一幅隶书，一幅行草。仔细一看，隶书是四个横写的大字：龙马精神。行草是四句诗：箫鼓追随春社近，衣冠简朴古风存。从今若许闲乘月，莫笑农家腊酒浑。禁不住莞尔一笑，字虽然写得一般，但觉得有点儿意思。两幅字都和春节相关呢，一幅为马年祝福而写，一幅为春天到来而写。后一幅，是放翁诗的改写，改得风趣有神，有点儿功夫，并非等闲之辈。

这位老兄，一天没有卖出去一幅字，却索性把这两幅字留了下来，贴在报亭上，留给人观赏，也留予风抚摸，和即将燃放的鞭炮欢庆。这是他心情的宣泄，也是他拜年的特殊方式，是个不错的创意。既然清风朗月不用一文钱买，那么，白纸黑字也可以无需一文钱卖，和大自然交融，一起过年迎春，是一种别样的境界呢。到潘家园来卖字画的人，多如过江之鲫，如他这样有如此创意的人，我还真的没有见过。

只是担心，不知道这两幅字能否熬过大年夜，明天一早，人们出门到各家拜年的时候还能否看得到？走过马路，禁不住回头又望了望，寒风吹过，报亭上的那两幅字在猎猎地抖动。

如今，春天到了，到潘家园去，再没有见到这位卖字的人。

鱼鳞瓦

老北京的房顶铺的都是鱼鳞瓦，灰色，和故宫里的碧瓦琉璃，做色彩鲜明的对比。虽不如碧瓦琉璃那般炫目，那般高高在上，但满城沉沉的灰色，低矮着，沉默着，无语沧桑，力量沉稳，秤砣一般压住了北京城，气魄如云雾天里翻涌的海浪一样。难怪贝聿铭先生那时来北京，特别愿意到景山顶上看北京城这些灰色的鱼鳞瓦顶。

在我的童年，即20世纪50年代，北京的天际线很低，基本上被这些起伏的鱼鳞瓦顶所勾勒。因为那时候成片成片的四合院还在，而且占据了北京城的空间。想贝聿铭先生看见这样的情景，一定会觉得这才是老北京，是世界上任何一座城市都没有的色彩和力量吧。

想想，真的很有意思，那时候，四合院平房没有如今楼房的阳台或露台，鱼鳞状的灰瓦顶，就是各家的阳台和露台，晒的萝卜干、茄子干或白薯干，都会扔在那上面；五月端午节，艾蒿和蒲剑要插在门上，也要扔到房顶，图个吉利；谁家刚生小孩子，老人讲究要用葱打小孩子的屁股，取葱的谐音，说是打打聪明，打完之后，还要把葱扔到房顶，这到底是什么讲究，我就弄不明白了。

对于我们许多孩子而言，鱼鳞瓦的房顶，就是我们的乐园。有句

俗话，叫作"三天不打，上房揭瓦"，说的就是那时我们这样的小孩子，淘得要命，动不动就跑到房顶上揭瓦玩，这是那时司空见惯的儿童游戏。我相信，老北京的小孩子，没有一个没干过上房揭瓦这样调皮的事的。

那时，我刚上小学，开始跟着大哥哥大姐姐们一起玩这种上房揭瓦的游戏。我们住的四合院的东跨院，有一个公共厕所，厕所的后山墙不高，我们就是从那里爬上房顶，弓着腰，猫似的在房顶上四处乱窜，故意踩得瓦噼啪直响，常常会有邻居大妈大婶从屋里跑出来，指着房顶大骂：哪个小兔崽子，把房踩漏了，留神我拿鞋底子抽你！她们骂我们的时候，我们早都踩着鱼鳞瓦跑远，跳到另一座房顶上了。

鱼鳞瓦，真的很结实，任我们成天踩在上面那么疯跑，就是一点儿也不坏。单个儿看，每片瓦都不厚，一踩会裂，甚至碎，但一片片的瓦铺在一起，铺成了一面坡房顶，就那么结实。它们是一片瓦压在一片瓦的上面，中间并没有泥粘连，像一只小手和另一只小手握在了一起，可以有那么大的力量，也真是怪事，常让那时的我好奇而百思不解。漫长的日子过去之后，大院里有的老房漏雨，房顶的鱼鳞瓦换成波浪状的石棉瓦或油毡和沥青抹的一整块坡顶，说实在的，都赶不上鱼鳞瓦，不仅质量不如，一下大雨接着漏，也不如鱼鳞瓦好看。少了鱼鳞瓦的房顶，就如同人的头顶斑秃一般，即使戴上颜色鲜艳的新式帽子，也不是那么回事了。

前些天，路过童年住过的那条老街，正赶上那里拆迁，从房顶上卸下来的鱼鳞瓦装满了一汽车的挎斗，一层层，整整齐齐地码在车上，也呈鱼鳞状。那可都是前清时候就有的鱼鳞瓦呀，经历了一百多年的雨雪风霜，还是那样的结实，那样的好看。又有谁知道，在那些鱼鳞瓦上，曾经上演过童年那么多的游戏和游戏带给我们的欢乐呢？

其实，那时房顶上疯跑的游戏，平日里并没有任何内容，但形式

肖 复 兴
散 文 精 选

带给我们的快乐大于内容，能惹得邻居大骂却又逮不着我们，便成了我们的一乐。当然，要说我们最大的乐，一是秋天摘枣，一是国庆节看礼花。

那时，我们院子里有三棵清朝就有的枣树，我们可以轻松地从房顶攀上枣树的树梢，摘到顶端最红的枣吃，也可以站在树梢上，拼命地摇树枝，让那枣纷纷如红雨落下，比我们小的小不点儿，爬不上树，就在地上头碰头的捡枣，大呼小叫，可真的成了我们孩子的节日。

打枣一般都在中秋节前，这时候，国庆节就要到了。打完了枣，下一个节日就是迎国庆了。

国庆节的傍晚，扒拉完两口饭，我们会溜出家门，早早地爬上房顶，占领有利地形，等待礼花腾空。那时候，即使平常骂我们最欢的大妈大婶，也网开一面，一年一度的国庆礼花，成为那一天我们上房的通行证。由于那时没有那么多的高楼，晚霞中的西山一览脚下。我们的院子就在前门西侧一点，天安门广场更是看得真真的，仿佛就在眼前，连放礼花的大炮都看得很清楚。看着晚霞一点点消失，等候着夜幕一点点的降临，就像等待着一场大戏上演一样，我们坐在鱼鳞瓦上，心里充满期待，也有些焦急，不住问身边的大哥哥大姐姐：礼花什么时候放呀？

其实，我们心里谁都清楚，让我们期待和焦急的，不仅仅是礼花点燃的那一瞬间，更是礼花放完的那一刻。由于年年国庆都要爬到房顶上看礼花，我们都有了经验，随着礼花腾空会有好多白色的小降落伞，一般国庆那一天都会有东风，那些小降落伞便都会随风飘过来。燃放礼花的那一瞬间，我们会稳稳坐在那里，看夜空中色彩绚丽的礼花，绽放在我们的头顶。但降落伞飘来的那一刻，我们会立刻大叫着，一下子都跳了起来，伸出早已经准备好的妈妈晾衣服的竹竿，争先恐后去够那些小小的降落伞。

当然，够得着够不着，全凭风的大小和运气了。因为那一刻，附近四合院的鱼鳞瓦顶上站满和我们一样的孩子，在和我们一样伸着竹竿够降落伞。风如果小，就被前面院子的孩子够走了；风要是大，降落伞就会像诚心逗我们玩似的从我们的头顶飞走。记得国庆十周年，那时我上小学五年级，属于大孩子了，那一天晚上，不知是天助我也，还是那一年国庆放的礼花多，降落伞飘飘而来，一个接着一个，让我轻而易举就够着一个，还挺大的个儿，成为我拿到学校显摆的战利品。

也就是从那一年以后，我没再上房玩了。也许，是认为自己长大了吧。

2009年9月20日于北京

乡愁的滋味

关于乡愁最著名的一句话,莫过于台湾诗人余光中先生说过的:乡愁是一枚邮票。这样说,形象而具体地说明乡愁是远离家乡产生的一种情感,家乡和乡愁构成一对胶着状态的关系,而与家乡的距离是乡愁的必备条件,所以,乡愁才需要借邮票邮寄。也就是说,没有了这种距离,便无所谓乡愁。

记得几十年前,我到北大荒插队,第一次离开北京的家那么远,远得仿佛到了天之外。到达北大荒的第二年中秋节那一天,一清早天就飘起了细碎的小雪花,渐渐变大,很快天地一片白皑皑。早知道北大荒冬天冷,没有想到冬天也来得太早。但再大的雪,也要过中秋节呀,同学坐上一辆尤特(一种小型柴油车),赶到一百里外的富锦县城,买回来了月饼,掉在地上能砸个坑,咬得牙生疼。思念北京,那里毕竟是我的家,那种感情一下子浓得化不开,却又无从发泄。晚上,我和同学比赛乒乓球,谁输谁请客,但那时生产队的小卖部只剩下了罐头,其他可吃的东西早被知青抢购一空。最后,买了两筒罐头,是那种香蕉罐头,一个罐头里两根截成四节的香蕉。之所以记得这么清楚,是因为香蕉的滋味伴随着乡愁的滋味。那是我第一次尝到了乡愁

的滋味。

如今离开北大荒已经整整40年,却一次次地思念那片曾经风雪弥漫的荒原。这40年中,尽管我曾经前后回去过三次,却依然怀念那里的乡亲和那里的土地。仿佛40年让家乡轮回一般转换了位置,曾经的荒原变成了我的第二故乡,远离那里越久,这个时间和空间的距离就越长,乡愁便不由而生,而且,随着年龄的增大,乡愁随之加深。

后来看学者赵园的著作,她在论述荒原和乡土之间的差别时说:乡土是价值世界,还乡是一种价值态度;而荒原更联系于认识论,它是被创造出来的,主要用于表达人关于自身历史、文化、生命形态和生存境遇的认识。她还说,乡土属于某种稳定的价值情感,属于回忆;而荒原则由认识的图景浮出,要求对它的解说与认指。

赵园的话,让我重新审视北大荒。对于我们知青,它属于荒原还是乡土?属于乡土,那里却确实曾经是一片荒原,我们只是如候鸟一样的匆匆过客;属于荒原,为什么包括我在内的那么多知青如今把它当作自己的故乡一样频频含泪带啼地还乡?过去曾经经过的一切,都融有那样多的情感价值的因素。对于我们知青而言,北大荒这片中国土地上最大的荒原和乡土的关系,并不像赵园分割得那样清爽。这片荒原,既有我们的认识价值,又有我们的情感价值;既属于被我们开垦创造出来的荒原,又属于创造开垦我们回忆的乡土。

于是,我更加明白了,乡愁,除了和乡土或者说和故乡的时间与空间距离的关系之外,还需要一个必备的条件,那便是回忆。回忆,是填充乡愁情感的物质,像血脉一样,流淌在时间和空间的距离中,让这种情感,在这样一次次回溯流淌中,历久弥新而情不自已。

今年的中秋节,我再一次要在美国度过。我居住的地方只是美国中部一个很小的大学城,与我前几年居住的新泽西大不相同,因为那里的华人多,光是大型的华人超市就有6家。前年,中秋节远远未到,

肖复兴
散文精选

超市里的月饼早已经摆满了柜台,整整齐齐的铁盒子,盒子上嫦娥奔月或花好月圆的中国传统图案,映得满屋生辉。这里无法和新泽西相比,因为华人没有那里多,我春天来这里的时候,这里只有一家华人超市,很小,只能买到一些简单的东西。而现在,仅仅半年的时间,已经又开张两家华人超市。前些天,听说新的一家华人超市开张,是占领了原来一家高档家具店的地盘,空间大许多,重新装修开业。慕名而去,一进门,便看见了熟悉的月饼,摆在了醒目的位置上。想必店家也是想赶在中秋节前开业。赶节日前开业,是中国店家传统的做法,为的就是讨个口彩,在这里是为赢得远离家乡海外人的乡愁。而且,和新泽西的一样,也是从香港进口而来的铁盒月饼。虽然价钱几乎贵了一倍,但可以打开盒子,论块卖。不管怎么说,毕竟可以吃得到家乡正宗的双黄莲蓉月饼了。

其实,年轻人已经不像我们那样喜欢吃月饼了,觉得油腻又太甜。但我去这家华人超市的时候,不少华人大学生花比买一个汉堡包贵几倍的价钱买一块双黄莲蓉月饼。排在我前面到收银台的一个女大学生拿着一块月饼付款的时候,和收银员对话说的是汉语,一听口音就知道是老乡北京人。和她说起话来,她举着月饼一笑:好几年没回家了,中秋节怎么也得吃块月饼就当是回家了。

乡土是价值世界,还乡是一种价值态度。这一点,赵园说得对,正因为如此,乡愁才有了价值。乡愁升华的最高形式,便是还乡,无论是千里迢迢真正意义上的还乡,还是如这位女大学生一样的精神还乡。

南横街

南横街是一条老街。金代在北京建都,南横街的地理位置,正对着当时皇城之东的宣华门。都城建立之后,南横街成了与北面的通往广安门的骡马市大街相平行的东西两条主干道。南横街,就是在之后逐渐发展起来的。它的鼎盛期应该在明清两代,尤其是清代。

南横街,从来不是一条商业街,而是一条文化街。这之后也就是戊戌变法和五四运动时期,这条老街周围住着那么多的有识有志的知识分子。也就不足为怪了,一个地区,一条街道,如果有了文脉的积淀,是可以延续的。

但是,延续是有条件的,那便是这个地区这条街道在时代变迁中的地理位置,与这个时代的政治经济文化是否匹配。随着时代的变迁,与地理相关联的宣南文化,在民国时期逐渐衰退。到了北平沦陷期和北平解放之后,南横街已经完成了从文化街到贫民街的转型。一条老街的文脉就此消失殆尽。

在我童年的记忆中,那时的南横街已经败落,甚至与和它平行的骡马市大街都无法相比了。骡马市大街因有各种店铺鳞次栉比,商业发达,常常是车水马龙。而南横街上那些香火鼎盛的寺庙,和那些曾

肖　复　兴
散 文 精 选

经往来无白丁的会馆，都已经沦为人口密集的大杂院。

那时在南横街有周家两兄弟，冬天里卖的烀白薯非常出名。

在老北京，烤白薯是最平民化的食物了，便宜，又热乎。民国时，徐霞村先生写《北平的巷头小吃》，提到他吃烤白薯的情景。夸张地用了"肥、透、甜"三个字，真的是很传神，但还有一种煮白薯的吃法，今天已经见不着了。在街头支起一口大铁锅，放上水，把洗干净的白薯放进去，一直煮到把开水耗干。因为白薯里吸进了水分，所以非常的软，甚至绵绵得成了一摊稀泥。老北京人又管它叫作"烀白薯"。烀白薯的皮，有点儿像葡萄皮，包着里面的肉简直就成了一兜蜜，一碰就破。因此，吃这种白薯，一定得用手心托着吃，那劲头和吃喝了蜜的冻柿子有一拼。

那时候，周氏兄弟俩，把着南横街东西两头，各支起一口大锅，所有走南横街的人，甭管走哪头儿，都能够见到他们兄弟俩的大锅。

别看卖的只是这么个简单的吃食，对白薯的选择是有讲究的，和烤白薯有区别。一定不能要那种干瓤的，不然烀出来的白薯，就没有喝了蜜的意思了。周氏兄弟选择的是麦茬儿白薯，或是做种子用的白薯秧子。老北京话讲：处暑收薯，那时候的白薯是麦茬儿白薯，是早薯，收麦子后不久就可以收，这种白薯个儿小，瘦溜儿，皮薄，瓤儿软，好煮，也甜。白薯秧子，是用来做种子用的，在老白薯上长出一截儿来，就掐下来埋在地里。这种白薯，也是个儿细，肉嫩，开锅就熟。而且，还有一条，便宜。

当然，关键的是，只有这样的白薯烀到最后留在锅底的，才能够带蜜嘎巴儿。过去卖烀白薯的都这样吆喝：带蜜嘎巴儿的！这个"蜜嘎巴儿"，指的是被水耗干挂在白薯皮上的那一层结了痂的糖稀。民国有竹枝词专门咏叹这个"蜜嘎巴儿"："应知味美惟锅底，饱啖残余未算冤。"那是包括我在内的小孩子的最爱。

如今的南横街，风光更是不再。不要说与历史上鼎盛期相比，就是和我二十年甚至十几年前去那里相比，都难以看到它的旧貌了。面目皆非的南横街，如今最有名的，一是悯忠寺，一是小肠陈。悯忠寺，原来不在南横街上，而是在街北里面。南横街的拆迁，让悯忠寺显露了出来。小肠陈以卖卤煮出名，不过，它的老店并不在这里。每次路过小肠陈的时候，总会让我想起当年把着南横街东西两个街口卖烀白薯的周氏兄弟。或许，是让小肠陈桃代李僵，替换他们兄弟俩的位置吧，让人们别把过去关于这条老街残存的那一点儿记忆完全斩断灭绝。

老点心铺

如今北京的点心铺，基本是稻香村一花独放了。十几年前，起码在超市中还可以看见几家老字号点心铺的专柜，现而今很难找到了。北京的点心铺变成这样的格局，令人怅惘。

在老北京，起码在二十世纪八九十年代，仅仅在前门地区，还有老字号正明斋和祥聚公两家可以和稻香村平分秋色。从历史来看，两家老字号的年头都要比稻香村久。稻香村是民国之后开业的，是入京的南方点心铺，可谓新生事物。在老北京，管点心叫作"饽饽"，这是清人入关之后满族人的称谓。"点心"一词，则是从南方传入北京的。

正明斋于清同治三年（1864）在煤市街开业，生意做得不错，于是在北桥湾开了第一家分店，在前门大街鲜鱼口西口南边路东，又开了第二家分号。据说，生意红火的时候，正明斋开过七家分号。清末民初，正明斋几乎成了京城饽饽铺的龙头。清末崇彝在《道咸以来朝野杂记》中记载："瑞芳、正明、聚庆诸斋，此三处北平有名者。"这三处，均在前门外，后来，瑞芳和聚庆两家消失，而正明斋一直延续到北平和平解放之后。

正明斋生产的是满汉点心，是清人入主京城后的产物。作为京城的点心，它应该最属正宗。也就是说，如果想吃老北京味儿的点心，正明斋是首选。

它的蜜供在清末时最为出名，1949年以后，一直也是它的传统产品。和萨其玛一样，这是典型的满族人的点心，也是满族人年节时的供品。正明斋的蜜供超人之处，不仅在于它可以做得小如棋子（便于吃），大如小山（为了供），更在于它在蜂蜜中掺入上好的冰糖，如此不仅色泽光亮、松软清脆，而且不粘牙，还耐嚼，天再热也不会往下淌蜜。据说，当年老佛爷爱吃这口，正明斋的蜜供因此成为清御膳房采购的点心。现在，稻香村也卖蜜供，却是硬得用手掰都掰不动。

正明斋的杏仁干粮、盐水火烧、槽子糕、大杠炉、红白月饼，也都是颇受富贵人家和寻常百姓欢迎的点心。民国时期，袁世凯、曹锟诸路军阀，都是正明斋的常客，张学良最爱吃这家的杏仁干粮。名人效应，使得那时候正明斋的生意格外红火。

祥聚公比正明斋的年头要晚，光绪三十四年（1908），它先在石头胡同开业，取名叫裕盛斋。石头胡同位于八大胡同，客源毕竟有局限性。后来，它移师繁华的前门大街路西，更名为祥聚公，牌匾由晚清名宿戴思溥书写。它几乎和正明斋面对面，没有自家的一点儿绝活，是不敢这样唱对台戏的。

祥聚公做出的点心讲究货真价实，另外，它是家清真铺，在当时的京城，清真点心铺很少。它生产的桂花板糕、姜丝排叉，是典型的清真点心，回民自然常到它那里买。据说，马连良先生最爱吃这两样点心，有一年到上海演出，春节回不来，馋这一口，便给祥聚公写信，店家赶紧把这两样点心给他寄去。这样的逸闻，坊间流传得特别快，马连良先生无疑给祥聚公做了广告，成了桂花板糕和姜丝排叉的代言人。

肖复兴
散文精选

它的应季点心也很出名，春季的鲜花玫瑰饼和鲜花藤萝饼，曾经风靡一时。它的玫瑰是每年四月到妙峰山采摘的，它的藤萝花是从京郊各大寺庙里采集的。这个时节，京城很多家点心铺都会卖鲜花玫瑰饼和鲜花藤萝饼，但卖得最好的，还数祥聚公和对门的正明斋。人们还是信奉老字号。

老北京在过年的时候讲究大小八件和细八件装盒送礼，每样都是由八种不同的点心组成。虽然都叫八件，但有大、小、细之分。大八件是由印有"福""禄""寿""喜"四字的四种点心，和枣花、卷酥、核桃酥、八拉饼这四种点心组成。小八件是枣方、杏仁酥、小桃、小杏、小石榴、小柿子、小苹果、小核桃。细八件是状元饼、太师饼、囊饼、杏仁酥、鸡油饼、硬皮桃、白皮饼、蛋花酥。在老北京，卖大小细八件的有许多家，祥聚公的质量最优，名气最大。

记得小时候，前门大街上没有稻香村，正明斋和祥聚公的老店却是我常去的地方。后来，三年困难时期，买点心要点心票，每月每人半斤，我爸爸让我买点心一定要去前门大街的这两家店。

我读中学的时候，天天乘坐23路公交车，在桥湾这一站下车，然后通过北桥湾穿过北芦草园和草厂三条回家。那时候，正明斋的生产车间——要不就是仓库，就在北桥湾和南芦草园交叉路口的西边。每一次路过那里，总能闻到点心的香味。

遗憾的是，这样两家曾经在京城声名鼎盛的老字号，如今不仅威风不再，连店家都无处可寻了。记得刚刚粉碎"四人帮"的20世纪80年代，两家老字号都梅开二度，恢复店名，重张旧帜。正明斋先在前门大街旧址开业，然后又在北桥湾它的分号旧址开设了占地面积不小的正明斋食品厂。祥聚公则在鲜鱼口开设新店，请回老师傅重出江湖，又请书法家欧阳中石重新书写店名匾额，记得它的店面是中式老样子，门上的垂檐板和门楣上都是鲜艳的彩绘。想那时候，这两家点

心铺还是信心满满的，却没有想到在新时代的大潮中落伍得如此迅速，将市场拱手相让。无可奈何花落去，我多少有些替它们惋惜。

想想，大小八件、蜜供、萨其玛、自来红、自来白这些典型的老北京点心，曾经是正明斋和祥聚公卖得最红火的，而如今几乎都囊括在稻香村这个南味店里，南北两味，一勺烩了。马连良爱吃的祥聚公的桂花板糕，我未曾尝过，但张学良爱吃的正明斋的杏仁干粮，我还是有幸吃过的。可如今，桂花板糕、杏仁干粮，包括很多品种的美味点心，我们都已经吃不到了。

鲜花藤萝饼，我们也吃不到了。鲜花玫瑰饼，在稻香村里倒是一年四季都在卖，却无法和记忆中的味道相比。

如稻香村这样连锁店规模生产的模式，属于现代化的生产；而老北京的点心铺，则属于农商时代的产物，前店后厂，小作坊。二者相比，一个是机器，一个是手工；一个如大锅炒菜，一个如小炒热炒，其区别明显。这或许也是正明斋和祥聚公落伍而稻香村横刀跃马所向无敌的原因之一。然而，如今京城的点心品质不再如前，口味单一、同质化严重而缺少个性。我们当然要发展集团化规模化的稻香村，但也要鼓励并扶持有自己个性的小生产的正明斋和祥聚公。我们不希望京城的点心最后成为肯德基和麦当劳，走遍城市的各个角落，买到的点心，千篇一律，都一个味儿。

第五章
笔下犹能有花开

生命的平衡

不知道你相信不相信，无论什么样的生命，在短促或漫长的人生中都需要平衡，并且都会在最终得到平衡的。漂亮的白雪公主自然有其漂亮面庞的如意，却也有后母的嫉妒、派人追杀，以及毒梳子和毒苹果危险等等的不如意；不漂亮的灰姑娘自然有其悲惨的种种命运，却也有其终成正果的美好回报。眼睛瞎了，意大利的安德烈·切波里，却成了著名的盲人歌唱家；腿残疾了，爱尔兰的克里斯蒂·布朗，却用唯一能够活动的左脚敲打键盘，成了著名的作家。个子高的，如姚明，自然成就了他的事业，他可以到美国的 NBA 去打篮球，风光无限，个子矮的，就一定不如个子高的吗？拿破仑，按现在的标准大概得是二级残废了，却不妨碍他成为盖世的英雄。

这就像《红楼梦》里所说的：大有大的难处，小有小的好处。比如《伊索寓言》里所讲的：高高的长颈鹿可以吃得着高高树枝上的叶子，却没办法走进院子的矮小的门；矮矮的山羊吃不着高高树枝上的叶子，却轻而易举地走进了矮小的门。

懂得了生命中的这一点意义，不仅是让我们不必为我们自身的长处而骄傲，不必为我们自身的短处而悲观；也不仅是让我们知道拥有

肖　复　兴

散　文　精　选

再多，总会有失去的时候，失去的再多，总会得到补偿的机会。更重要的是，让我们充分去体味到，生命其实是一条流淌的河，乱石穿空，惊涛拍岸，卷起千堆雪，是生命中的一种情景；潮平两岸阔，风正一帆悬，也是生命的一种情景。一条河在流淌的过程中，不可能总是前一种风景，也不可能总是后一种风景，它要在总体流量的平衡中才会向前流淌，一直流入大江大海。因此，我们不必去顾此失彼，我们不必去刻意追求某一点，从而在这样生命的平衡中，让我们的心态更加从容，让我们的生活更加平和，让我们的人生更加是一幅舒展的画卷。

今年我来土耳其，遇见当今被称为土耳其首富的萨班哲先生。说萨班哲先生是土耳其的首富，并不虚传，并不夸张，在大街上所有跑的丰田汽车，都是他家生产；凡是有蓝底白字 SA 字母牌子的地方，都是他家的产业；凡是有蓝底白字 SA 字母商标的东西，都是他家的产品。在土耳其，SA 的标志，触目皆是；萨班哲的名字，家喻户晓。

如此富有的人，却也有命运不济的地方，他的两个孩子，一个儿子，一个女儿，都是残疾弱智。命运，就是这样和他开着残酷的玩笑。他却以为这其实就是生命给予他的一种平衡，而不去怨天尤人。他的想法，和我们古人的想法很有些相似之处：月有阴晴圆缺，人有悲欢离合，好事古难全。想到生命这样的一点平衡的意义，他的心也就自然平衡了。命运在一方面给予他别人无法企及的财富，在另一方面便给予他如此触目惊心的惩罚。他想开了，惩罚也可以变成回报，两者之间沟通的桥，需要的就是生命的平衡力量。他便将他那么富裕的钱，不是仅仅为了留给他的两个孩子，而是在伊斯坦布尔修建了一座残疾人的公园，公园里所有的器械都是为残疾人专门设计的，就连游乐场里的摇椅，都有供残疾人不用离开轮椅而自动坐上坐下的自动装置。他希望以自己能够做到的事情，来平衡更多残疾人不如意的生活，从而使自己不如意的生活达到新的平衡。

萨班哲先生已经七十有余，如此富有，其实他对自己却非常抠门。传说他一直到现在，依然是一天只抽一支雪茄，上午和下午各半支；依然是一天只喝一小杯威士忌，是在一天工作完太阳下山之后坐下来喝。但到了该花钱的时候，他却一掷千金，如伊斯坦布尔的这座残疾人公园。他在富有和贫穷、健全与残疾、得到与失去中，寻找到了自己的平衡。

那天，我们去参观以他的名字命名的萨班哲博物馆。博物馆就建在博斯普鲁斯海峡的岸边，进可以观各种名画和《古兰经》，出可以看海水蔚蓝、海鸥翩翩和博斯普鲁斯大桥的巍峨壮观，真是非常的漂亮。这里原来是他的私人住宅，他捐献出来改建成了这座博物馆。在这座博物馆里，最有趣的是一间陈列室，里面挂的全是画着萨班哲先生的漫画——是萨班哲先生请来土耳其的漫画家们，让他们怎么丑怎么画，越丑越好，画成了这样满满一屋子的漫画。有时候，他到这里来看一屋子包围着他的、画着他的那一幅幅丑态百出的漫画，他很开心，他在这里找到了在外面被人或鲜花或镜头所簇拥着、恭维着所没有的平衡，他在这里找到了在两个残疾弱智孩子给予他的痛苦中所没有的欢乐。萨班哲先生真是洞悉了世事沧桑，彻悟到了人生三昧。他实在是一个智慧的老头，懂得平衡的艺术真谛。

我们能够拥有他这样洒脱的心态吗？我们能够拥有他这样宠辱不惊的自我平衡的力量吗？如果我们也一样拥有，我们的人生就会和萨班哲先生一样过得充实而愉快，而不会因为一时的得意而忘乎所以，因一时的失意而绝望到底，我们便和萨班哲先生一样在世事的跌宕中历练自己，在生命的平衡中体味到人生的意义。

人的一生，从来不可能不是天堂就是地狱非此即彼的选择，而总是在这两者之间有一种平衡力量的显示。这样，我们的生命处于一种能量守恒状态中，而对生活中所呈现出的极端才不会或得意忘形或惊慌失措。比如：有时候我们会处于睡眠状态，有时候我们会处于亢奋状态；有时候我们会如孔雀开屏四面叫好，有时候我们会如老鼠钻风箱两头受气；有时候我们需要抹龙胆紫，有时候我们需要搽变色口红；有时候我们需要开塞露，有时候我们又需要润肤霜……生命就是在这样的阴阳契合、内外互补、得失兼备和相辅相成中达到平衡。寻找这样的平衡，便寻找到了生活的艺术，寻找到了生命和人生的意义。生命平衡的力量，其实就是我们平常生活的定力，是我们琐碎人生的定海神针。

2003年3月记于伊斯坦布尔

宽容是一种爱

有一首小诗这样写道:"学会宽容/也学会爱/不要听信青蛙们嘲笑/蝌蚪/那又黑又长的尾巴……/允许蝌蚪的存在/才会有夏夜的蛙声。"

在竞争激烈的社会,在唯利是图的商业时代,宽容同忠厚一样,都成了无用的别名,让位于针尖对麦芒的斤斤计较,最起码也成了你来我往的 AA 制的记账方式。但是,我还是要说,宽容是一种爱。

18 世纪的法国科学家普鲁斯特和贝索勒是一对论敌,他们关于定比这一定律争论了 9 年之久,各执己见,谁也不让谁。最后的结果,以普鲁斯特的胜利而告终,普鲁斯特成了定比这一科学定律的发明者。普鲁斯特并未因此而得意忘形,他真诚地对曾激烈反对过他的论敌贝索勒说:"要不是你一次次的质疑,我是很难把定比定律深入研究下去的。"同时,他特别向公众宣告,发现定比定律,贝索勒有一半的功劳。

这就是宽容。允许别人反对,并不计较别人的态度,而充分看待别人的长处,并吸收其营养。这种宽容是一泓温情而透明的湖,让所有一切映在湖面上,天光云影、落花流水。这种宽容让人感动。

肖 复 兴
散 文 精 选

我们的生活日益纷繁复杂，头顶的天空并不尽是梵高涂抹的一片灿烂的金黄色，脚下的大地也不尽如平原一样平坦。不尽如人意、烦恼、忧愁，甚至让我们恼怒、无法容忍的事情，可能天天会摩肩接踵而来——才下眉头，又上心头，抽刀断水水更流。我所说的宽容，并不是让我们毫无原则地一味退让。宽容的前提是对那些可宽容的人或事，宽容的核心是爱。宽容，不是去对付，去虚与委蛇，而是以心对心地去包容，去化解，去让这个越发世故、物化和势利的粗糙世界变得湿润一些。而不是什么都要剑拔弩张、斤斤计较，什么都要拼个你死我活。即使我们一时难以做到如普鲁斯特一样成为一泓深邃的湖，我们起码可以做到如一只青蛙去宽容蝌蚪一样，让温暖的夏夜充满嘹亮的蛙鸣。我们面前的世界不也会多一份美好，自己的心里不也多一些宽慰吗？

宽容是一种爱。要相信，斤斤计较的人、工于心计的人、心胸狭窄的人、心狠手辣的人……可能一时会占得许多便宜，或阴谋得逞，或飞黄腾达，或春光占尽，或独占鳌头……但不要对宽容的力量丧失信心。用宽容所付出的爱，在以后的日子里总有一天会得到回报，也许来自你的朋友，也许来自你的对手，也许来自你的上司，也许来自时间的检验。

宽容，是我们自己的一幅健康的心电图，是这个世界的一张美好的通行证！

学会感恩

西方有一个感恩节。那一天，要吃火鸡、南瓜馅饼和红莓果酱。那一天，无论天南地北，再远的孩子，也要赶回家。

总有一种遗憾，我们国家的节日很多，唯独缺少一个感恩节，我们也可以东施效颦吃火鸡、南瓜馅饼和红莓果酱，我们也可以千里万里赶回家，但那一切并不是为了感恩，团聚的热闹总是多于感恩。

没有阳光，就没有日子的温暖；没有雨露，就没有五谷的丰登；没有水源，就没有生命；没有父母，就没有我们自己；没有亲情友情和爱情，世界就会是一片孤独和黑暗。这些都是浅显的道理，没有人会不懂，但是，我们常常缺少一种感恩的思想和心理。

"谁言寸草心，报得三春晖""谁知盘中餐，粒粒皆辛苦"，我们小时候背诵的诗句，讲的就是要感恩。滴水之恩，涌泉相报；衔环结草，以报恩德，中国绵延多少年的古老成语，告诉我们的也是要感恩。但是，这样的古训并没有渗进我们的血液，有时候，我们常常忘记了，无论生活还是生命，都需要感恩。

蜜蜂从花丛中采完蜜，还知道嗡嗡地唱着道谢；树叶被清风吹得凉爽，还知道飒飒地响着道谢。但是，我们还不如蜜蜂和树叶，有时候，我们往往容易忘记了需要感恩。

没错，感恩的敌人，是忘恩负义。但是，真正忘恩负义的人毕竟是少数，大多数的人常常对别人给予自己的帮助和情谊、恩惠和德泽，以为是理所当然，便容易忽略或忘记，有意无意地站在了感恩的对立面。难道不是吗？我们父母给予我们的爱，常常是细小琐碎却无微不至的，不仅常常被我们觉得就应该是这样，而且还觉得他们人老话多，树老根多，嫌烦呢。而我们自己呢，哪怕是同学或是情人的生日，都不会错过他们的PARTY，偏偏记不清父母的生日，就并不是什么奇怪的事情了。

懂得感恩的人，往往是有谦虚之德的人，是有敬畏之心的人。对待比自己弱小的人，知道要躬身弯腰，便是属于前者；感受上苍懂得要抬头仰视，便是属于后者。因此，哪怕是比自己再弱小的人给予自己的哪怕是一点一滴的帮助，这样的人也是不敢轻视、不能忘记的。跪拜在教堂里的那些人，仰望着从教堂彩色的玻璃窗中洒进的阳光，是怀着感恩之情的，纵使我并不相信上帝的存在，但我总是被那种神情所感动。

恨多于爱的人，一般容易缺乏感恩之情。心里被怨恨涨满的人，便容易像是被雨水淹没的田园，很难再吸收进新的水分，便很难再长出感恩的花朵或禾苗。

不懂得忏悔的人，一般也容易缺乏感恩之情。道理很简单，这样的人，往往唯我独尊，一切都是他对，他从来都没有错，对于别人给予他的帮助，特别是指出他的错误弥补他闪失的帮助，他怎么会在意呢？不仅不会在意，而且还可能会觉得这样的帮助是多余是当面让他下不来台呢。这样的人，心如冰硬，似板结的水泥地，水是打不湿的，便也就难以再松软得能够钻出惊蛰的小虫来，鸣叫出哪怕再微弱的感恩之声来。

财富过大并钻进钱眼里出不来，和权力过重并沉溺权力欲望出不来的人，一般更容易缺乏感恩之情。因为这样的人会觉得他们是施恩别人的主儿，别人怎么会对他们施恩且需要回报呢？这样的人，大腹便便，习惯于昂着头走路，已经很难再弯下腰、蹲下身来，更难于鞠躬或磕头感恩于人了。

　　虽说大恩不言谢，但是，感恩一定不要仅发于心而止于口，对你需要感谢的人，一定要把感恩之意说出来，把感恩之情表达出来。美国曾经有这样一则传说，一个村子里，一家人围坐在餐桌前吃饭，母亲端上来的却是一盆稻草。全家人都很奇怪，不知道这究竟是怎么一回事，母亲说："我给你们做了一辈子的饭，你们从来没有说过一句感谢的话，称赞一下饭菜好吃，这和吃稻草有什么区别！"连世上最不求回报的母亲都渴望听到哪怕一点感谢的回声，那么，我们对待别人给予的帮助和恩情，就更需要把感恩的话说出来。那不仅是为了表示感谢，更是一种内心的交流，在这样的交流中，我们会感到世界因这样的息息相通而变得格外美好。

　　我在报上看到这样一则消息：湖南两姊妹小时候一次落水，被一个好心人救起，那人没有留下姓名就走了。两姊妹和她们的父母觉得，生命是人家救的，却连一声感谢的话都没有对人家说，发誓一定要找到这位恩人。他们整整找了20年，两姊妹的父亲去世了，她们和母亲接着千方百计地寻找，终于找到了这位恩人，为的就是感恩。两姊妹跪拜在地上向恩人感恩的时候，她们两人和那位恩人以及过路的人禁不住流下了眼泪。这事让我很难忘怀，两姊妹漫长20年的行动告诉我，到什么时候都不要忘记对有恩于你的人表示感恩。而感恩的那一瞬间，世界变得是多么的温馨美好。

　　我永远也不会忘记几年前的一件事情。那天，我在崇文门地铁站等候地铁，一个也就四五岁的小男孩，从站台的另一边跑了过来。因

肖　复　兴
散　文　精　选

为是冬天，羽绒服把小男孩撑得圆嘟嘟的，像个小皮球滚动过来。他问我到雍和宫坐地铁哪站近，我告诉他就在他的那边。他高兴地又跑了回去，我看见那边他的妈妈在等着他。等了半天，地铁也没有来，我走了，准备上去找个"的"。我已经快走到楼梯最上面的出口处了，听到小男孩在后面"叔叔，叔叔"地叫我。我不知道他要干什么，便站在那里等他，看着他一脑门子热汗珠儿地跑到我的面前，我问他有事吗，他气喘吁吁地说："我刚才忘了跟您说声谢谢了。妈妈问我说谢谢了吗，我说忘了，妈妈让我追您。"我永远不会忘记那个孩子和那位母亲，他们让我永远不要忘记学会感恩，对世界上不管什么人给予自己的哪怕是再微不足道的帮助和关怀，也不要忘记了感恩。

孤单的雪人

北京今年一冬天没有雪，开春了却一连下了三场雪，纷纷扬扬的，还挺大，仿佛憋足了气，赶来赴什么约会，有什么最后的晚餐似的，过了这村就没这个店的感觉。

下最大的那场春雪的那天上午，我刚出楼门口，看见楼前的空地上一个四五岁的小男孩，拿着一个玩具小铁锹铲雪堆雪人，他的身旁是两位老人，爷爷奶奶，或者姥姥姥爷，帮助他一起堆。不过那雪人堆得很小，两老一小，总也堆不起来太多的雪。我对他们喊了句：滚雪球呀！那样多快！可老太太对我说：不知今年的雪怎么了，不怎么成个儿，雪球滚不起来！也是，今年的雪松散得很，有人说是春雪的缘故，也有人说是人工降雪的缘故。

正说着话，孩子的父母从楼里出来了，爸爸脖子上挎着一台单反相机，一看就是尼康D700，妈妈手里拿着一根胡萝卜和一张画报纸叠的帽子，是准备给雪人的装束。然后，就看见妈妈边给雪人插鼻子戴帽子边喊着：快来，宝贝儿，照张相！就看见几个大人开始摆弄孩子，孩子站在、蹲在雪人的身前身后，伸着小手，歪着脑袋，笑着摆出各种姿势，和显得有些瘦弱得营养不良的雪人合影。不用说，在妈妈爸

肖　复　兴
散　文　精　选

爸的带领下，孩子常照相，已经是老手，习惯的姿势，轻车熟路，久经沧海。

我心想，堆雪人真的是经典的儿童游戏，时代再怎么变，游戏的内容和方式再怎么变，堆雪人如同经年不化的琥珀，是大自然送给孩子们一款最老也是最好的礼物了。不过，想想我小时候，堆雪人之前总要滚一个好大的雪球，孩子们用冻成胡萝卜一样的小手一边滚雪球，呼叫着，一边用攥起来的雪球瞅不冷子打别的孩子或塞进脖领子里找乐，闹成一团，把雪球越滚越大的时候，最为快乐。如今却是难以把雪球再滚起来了，孩子的乐趣也少了好多，就好像做鱼少腌制的那一道程序，鱼还是那条鱼，做出来却不怎么入味。

回头看时，看到那孩子噼里啪啦一通照，已经照完了，四个大人正领着一个孩子回家呢。心里便想，雪人还是雪人，堆的过程简化了，堆完后玩的过程也简化了，最后就成了照相，雪人只是一个陪衬。

走不远，看到一个小姑娘，大约也就三岁的样子，她的身旁一个小小的雪人已经堆好了。同样，一对父母正在给她拍照，几乎和那个小男孩一样，也摆着各种熟练的姿势，大多相同，是那种歪着脑袋伸出两根手指，做出V字形的样子。数码相机的普及，使可怜的雪人的功能就剩下了一种——孩子照相时候的一个道具或背景，就像儿童照相馆里那些一样。留念，比玩本身重要了。

还想，这个女孩，和那个男孩，各堆各的雪人，各照各的相，两条平行线一样，很难交叉。也许都是独生子女的缘故吧，又各住各的楼，即使住同一栋楼，各家防盗大铁门一关，老死不相往来，雪人跟着他们一起孤单起来。想起我小时候，大院的孩子从各家的窗户玻璃里看见有人在堆雪人了，就呼叫着跑出屋，香仨臭俩的，天天上房揭瓦疯玩在一起，拉都拉不开，不凑在一起都不行。忽然明白了，这也是那时候的雪人大的一个原因吧。

中午回来的时候，雪已经停了，毕竟是春天，再大的雪化得也快。走进小区，看见那两个孤单的小雪人，已经如巧克力一样黑糊糊的坍塌一地。我想起曾经看过的一部叫作《雪孩子》的动画片，那里的雪人充满想象，变化无穷，活的或者说陪伴孩子们的时间那样长久，发生过那样多美好的故事。当然，那是个童话。如今的雪人，还属于孩子，却难有属于孩子的童话了。

2011 年 3 月 4 日于北京

美丽的脆弱

我有一个朋友，假期没有像有的人那样往风景热闹的地方跑，偏偏跑到了当年他插队的地方。那是一个叫作西尔根的地方，很动听也很陌生的名字。走之前，全家没有一个人同意他去。是啊，都离开那里 26 年了，没有一点任何的联系，干吗心血来潮非要去那里？他偏偏就是一意孤行，只好偷偷地离开家，上了奔向内蒙古草原的火车。就像 26 年前他离开北京去西尔根那天一样，也是独自一人，傍晚的夕阳火红，显得有些凄清。

其实，上了火车，他自己也没明白为什么一根筋似的非要大老远地跑一趟那里。也许就像罗大佑的歌里唱的那样："眼看着高楼越盖越高，可是人们见面的机会却越来越少；苹果的价钱卖得比以前高，味道却不见得比以前的好；彩色电视机越来越花哨，能辨别黑白的人却越来越少……"久居城市，天天见到的都是这些钢筋水泥和上了油彩化妆的脸，心都磨出了厚厚的老趼，硬得油盐不进，真是容易让人心烦意乱，他要躲个清静，突然想起了离开 26 年的那个遥远草原。

他说不清，他是个强悍的人，想好的事就要去做，不会在关键的时候弱了下来。坐了一天一夜的火车，又坐了大半天的汽车，他就是

要奔向那个叫作西尔根的地方。这地名对家人陌生得犹如在天外另一个星球之上,对他却是比世界上任何一个旅游胜地或其他辉煌的地名都要刻骨铭心。望着窗外奔驰而过的北方原野,他愣是一天一夜在火车上没合眼。

他终于见到了西尔根,和在西尔根他想见的人。他曾经在那里度过了整个青春期,那个地方怎么能够像吃鱼吐刺似的轻易地剔除得掉呢?许多和青春连在一起的东西和地方,不管好坏,都是难以忘掉的。西尔根,西尔根,有时会在心中叫着它,就像叫着自己的名字一样。

因为最后几年他当了民办老师,他教过的学生先是呼喊着"巴克西依乐咧"(蒙语:老师来了)都跑了过来,却不是他想象的样子,个个已经面目皆非。都是有了孩子四十岁上下的人了,有的还居然有了孙子,能不让他感慨路迷天折,流年暗换?

又听见了熟悉的蒙语,又吃到了熟悉的扒羊肉,又喝到了熟悉的奶皮子,又闻到了熟悉的"乌了莫"拌炒米的香味和属于西尔根草原风中的清香……酒酣耳热之际,这些学生们对他说:"老师,我们给你唱首歌吧!"他以为是常见的蒙古族人喝酒时的唱歌助兴,那就唱吧,没想到他们忽然齐刷刷地站了起来,齐声唱的竟是 26 年前自己教他们的那首歌。如果不是他们唱,他几乎都要忘光了,他一辈子就自编了这么一首歌,26 年了,他们居然还记得?记得这么清清楚楚!不知怎么搞的,当着那么多的学生,他一下子竟泪流满面。

他才发现自己原来并不那么坚强,竟然这样脆弱。一首陈年老歌就让自己的眼泪没出息地流出来。

其实,有时候,人心需要一点脆弱。我们太崇尚所谓的强人和牛仔硬汉,其实,时时都是那样坚强,像时时穿着盔甲、举着盾牌似的,会让人受不了。就像城市要是处处都变成坚强的钢筋水泥,露不出一点见泥见土的地方,就不能让雨水渗进去,滋润出一片青草或一匹绿荫。如果我们还能够在行色匆忙之中偶然被一首陈年老歌或被一点些微小事所打动,说明我们还有药可救。

有时候,脆弱就是这样测量我们是否还有药可救的一张 pH 试纸。

2005 年 5 月写毕于北京

尊重

读中学的时候,我和一位女同学很要好,她住在我家的斜对面,星期六晚上常常到我家来玩。那时,我们都喜欢看书,书便成了药引子,由书再扯到别的,一聊就是半夜。正是青春萌动的时期,男女同学坐在一起,伴着青春刚刚苏醒的脉搏,书和聊天,都染上异样的色彩。时间,便不知不觉过得飞快,仿佛一眨眼的工夫,时钟的分针、时针便走到一起并站在最高处了。

我们的友情,自然还有一些似是而非的恋情。从初三一直维持到高三毕业,几乎每星期六晚上,无论风霜雨雪,都是在我家这样度过的。

那时,我家有里外两间小屋。爸爸妈妈睡在里间,我和弟弟睡在外间。爸爸妈妈从未因为我们一聊聊到半夜而出来干涉、责骂或旁敲侧击过我们一次。有时,他们实在困了,或第二天还要加班,便早早躺下,悄悄地熄灭里屋的灯,绝不影响我们交谈。

那些个青春气息和夜晚的青草悄悄滋生的星期六夜晚,我们常常因交谈的投入、忘情、兴奋,而忽略了爸爸妈妈乃至整个世界的存在。但他们就在我们的身边,默默地为我们祝福。他们相信自己的孩子,

肖　复　兴
散 文 精 选

无声胜似有声的爱，弥漫在无数个星期六晚上的夜色之中。

我懂得，这就是尊重。

我弟弟长大了，不喜欢学习，偏偏喜欢足球。每到期末考试后，弟弟总要拿回一门或两门不及格的考卷。老师总要找家长去学校，严厉地批评弟弟，希望家长抓紧。每逢这时，我都替弟弟羞愧难当。我便在假期里，替弟弟出许多张试卷，帮助他补习功课。因为我在学校是连年优良成绩的获得者，有一两门功课不及格，简直不可思议。起初，爸爸妈妈很支持我。但从初一到初三，效果并不佳，弟弟依旧不及格，对我的补课只是应付，心思还在足球上。爸爸妈妈先对我说："你也别费这心了！既然想踢球，就让他去踢得了！"然后，他们又对弟弟说："行行出状元！凭一张嘴，侯宝林的相声、陆春龄的笛子，都成了绝活。踢球也一样，只要你下决心踢出个名堂来！"为此，弟弟很得意。为此，我和爸爸妈妈争论过。为此，弟弟多费了几双回力牌球鞋，多花了不少爸爸妈妈的辛苦钱——他们给弟弟买了不少营养品。弟弟踢进了北京市少年体校足球队。那一支少年足球队即将升级为北京青年二队时，"文化大革命"爆发了。爸爸妈妈没有埋怨过弟弟。因为有了爸爸妈妈的那一份情爱，弟弟在童年和少年时的足球梦才五彩缤纷，从不迷茫。

弟弟懂得，这就是尊重。

儿子今年即将十六岁了。他长得比我十六岁时还高，嘴唇上长满和我那时一样如春天新生的茵茵草坪般的绒毛了。竟这样飞快，我长到和当年爸爸妈妈一样的年龄了。生命在儿子的身上延续，岁月却在我身上苍老。

一天，狂风大作，我从外面回家有些感冒，看见儿子只穿一件背心，一边冲着感冒冲剂一边说："快穿上衣服，小心感冒！"他应声着，却不见穿衣服。我便接着冲他喊："听见没有？快穿上衣服！"他

还是应着声，照样不见动静。我有些生气："你是怎么回事，说你这么半天了，还不穿衣服？等感冒可就晚了！"他顶了我一句："谁像你这么爱感冒？"

还顶嘴？我一听，更来火了，扔过衣服给他，非让他当着我的面把衣服穿上不可，还指着窗外怒吼的大风对他吼道："你看看是什么天气！"儿子万般无奈，只好套上了衣服。事后，他对我说："爸，我希望你别认为你会感冒便认定我也会感冒，你想干的事我也想干！"他又说："你得尊重点儿我的意见！"

儿子喜欢罗大佑。罗大佑以前出的几盘磁带，他都买了。前不久，他看见罗大佑新出的《恋曲2000》，便毫不犹豫买下了。把磁带放进录音机听了一遍，他对我说："除了个别曲子还好，整体水平不如他的上一盘磁带《恋曲1990》。我不喜欢！"

我问他："既然买的时候还不知道喜欢不喜欢，为什么那么急着买？"他望了我一眼，说："罗大佑从上一盘磁带到这一盘磁带，花了整整六年时间，不是所有人都这样认真的。我买它，是对他的尊重！"

两角钱

有时只是举手之劳,就能帮助别人,但我们对好多举手之劳的事情却熟视无睹,而不愿意伸出手来——

那天下午,我去邮局寄信,人很多,大多是在附近工地干活的民工,才想到是他们发工资的日子,在往远在千里之外的家里寄钱。

我寄了一摞子信件,最后算邮费,掏光了衣袋里所有的零钱,还差两角钱。我只好掏出一张一百元的票子,请柜台里的女服务员找。她没有伸手接,望了望我,面色不大好看。为了两角钱要找一百元的零头,这确实够麻烦的,难怪她不大乐意。

我下意识弯腰又翻裤兜的时候,和一个男孩子的目光相撞。十四五岁的样子,一身尘土仆仆的工装,不用说,也是工地上的民工,跟着大人们一起来寄钱。他就站在我旁边的柜台的角上,个头才到我的肩膀,瘦小得像个豆芽菜。我发现他的眼光里流露着犹豫的眼神,抿着嘴,冲我似笑未笑的样子,有些怪怪的。而他的一只手揣在裤袋里,活塞一样来回动了几下,似掏未掏的样子,好像那里藏着刺猬一样什么扎手的东西,更让我感到奇怪。

没有,裤袋也翻遍了,确实找不出两角钱。我只好把那张一百元

的票子又递了上去，服务员还是没有接，说了句：你再找找，就才两角钱还没有呀。可我确实没有啊，我有些气，差点没和她吵起来。

这时候，我的衣角被轻轻地拉了一下，回头一看，是那个小民工，我看见他的手从裤袋里掏了出来，手心里攥着两角钱：我这里有两角钱。说完这句外乡口音很重的话，他羞涩地脸红了。原来刚才他一直是在想帮助我，只是有些犹豫，是怕我拒绝，还是怕两角钱有些太不值得？我接过钱，有些皱巴巴的，还带有他手心的温热，虽然只是两角钱，也是他的血汗钱。我谢了他，他微微地一笑，只是脸更有些发红了，真是一个可爱的孩子。

接过两角钱，服务员的脸上呈现了笑容。邮戳在信件上欢快地响了起来。

寄完信，我去附近的超市买东西，破开了那一百元的票子，有了足够的零钱。我又回到邮局里，不过，那时已是落日的黄昏，不知那个孩子还在不在？我想如果那个孩子还在，应该把钱还给他。

他还真的在那里，还站在柜台的角上，那些民工们还没有汇完钱，他是在等着大人们一起回去。我向他走了过去，他看见了我，冲我笑了笑，因为有了那两角钱，我们成了熟人，他的笑容让我感到一种天真的亲切，很干净透明的那种感觉。

走到他的身边，我打消了还那两角钱的念头。我不知道这样做对不对，但看到他那样的笑，总觉得他是在为自己做了一件帮助人的好事，才会这样的开心。能够帮助人，而且是举手之劳的事情，尤其是帮助了一个看起来比自己大许多的大人，心里总会产生一种美好的感觉吧。我当时就这样想，干吗要打破孩子这样美好的感觉呢？一句谢谢，比归还两角钱，也许，更重要吧？我轻轻地抚摸了一下他的头，问了句：还没走呀？然后，我再次郑重地向他说了声：谢谢你啊！他的脸上再次绽放出笑容。

肖 复 兴
散 文 精 选

以后，我多次去过那家邮局，再也没有见到那个孩子，但我怎么也忘不了他。他让我时时提醒自己，面对一些举手之劳的事情，能够伸出手来去帮助他人，一定要伸出手来。不过，我有时总会想，没有还给孩子那两角钱，这样做到底对不对？

前方遭遇塌方

那一年秋天去九寨沟。路上,大家的情绪非常好,几乎一路都在唱歌,车厢里快成了音乐厅。我们乘坐的是一辆大轿子车,开车的是一个眉清目秀的成都小伙子,他一言不发,微微笑着,平稳地开着车。

黄昏的时候,突然下起了大雨。一时间,雨幕和暮色叠加在一起。像蝙蝠的翅膀一样压来。走着走着,车子忽然停了下来。我抬起头望望窗外,发现前面蜿蜒的山路上早已长蛇一般停了好长一串的车子。下车一打听,才知道前面的路因为大雨的缘故塌方了,路面一下子变窄了,而且非常滑。刚才,一辆运木材的大卡车连人带车滚进了道旁的江里,一眨眼的工夫就淹没在湍急的漩涡中,连影子都找不着了;紧跟着,另一辆卡车也掉了下去,幸好被半山腰的树卡住,人们正在搭救司机。大家都担心起来,今晚还能不能到达九寨沟呀?

终于,前面的车子一辆辆蜗牛一样移动起来。等我们开到事故发生的地点时,两个多小时已经过去了。天彻底黑了下来,雨却没有停。车窗外,那辆卡车黑乎乎的,还卡在半山腰的树上。前面的路越发显得窄,大概只能够勉强过一辆车,又正好是一个拐弯,无形中增加了行车的难度。可怕的是靠近江边的一侧还有塌方,只要车轮稍稍打偏

肖　复　兴
散　文　精　选

一点，车子就有可能一下子滑进江中。

司机停住车，打开车门，回过头说："大家都下车吧，先走过去，在前面等我。"

满车的人都乖乖地下了车，撑起了雨伞，小心翼翼地往前走。只见司机坐在驾驶座上；双手紧紧地握着方向盘，两眼直直地望着前方。雨刷使劲地刷着，车灯明晃晃地照着，前面的雨水、山石和树木，阴森森的，格外瘆人。

车子在开动之前，我犹豫了一下，下车还是不下？……咬咬牙，我就一屁股坐了下来。

司机回头叫我："快下车！太危险！"

我没下车，走到他的旁边坐下来。他看了看我，没再说话，只是伸出手拉了拉我的手，他的手心里全是冷汗，我的手心也一样。

车子又启动了。我看得很清楚，前面的路窄得像是鸡脖子，方向盘在他的手中不停地急剧旋转着，脚不时地踩着刹车闸，车子像受惊的甲壳虫，不是在走，简直是在爬，在蹦，一步步小心谨慎地在蠕动，稍有差池，就有可能出危险。尤其是过江边塌方的地段，司机把车紧紧地靠在山的一侧，车轮紧紧压在路边，整条岷江就在我们的左侧晃悠着，肆无忌惮地呼啸着，随时都有可能把我们连人带车一起揽进它的可恶的怀中。我的心都要蹦出嗓子眼儿，连看都不敢看它了，现在再想下车都来不及了，豁出去了吧！

我不知道他是怎么过这危险一关的，只觉得车子颠簸了一下，然后是一个转弯，就飞快地加速，箭一般窜出了好长一段路。就听他一连串地按响了喇叭，又听见地上一连串的欢呼声。

我不知道以后我还敢不敢冒险再充这个大尾巴鹰了，当时是一个劲儿地后怕。那一晚大雨中的山道和江水，还有那辆轿子车和司机，实在是让我终生难忘。我不知道他后怕不后怕，在当时他的沉稳果断

却是一车人所不具备的，一个人的性格可能会在平常琐碎的日子显现出来，一个人的品格却在关键时刻尤其是危险的时刻更为凸显，那是一个人生命最鲜亮的底色。

那天夜里到达九寨沟，半宿没睡安稳，总好像还在颠簸的车上一样。第二天晚上，为了给大家压惊，在诺日朗旁边举办了晚会，大家的歌声又此起彼伏。不知谁看见我们的那个司机坐在角落里默默听大家唱歌，就喊了起来，请他说什么也得唱一个。大家热烈鼓起掌来。他走到台前，倒也没推辞，只是说："可以，但我得请一个人和我一起唱。"我没有想到，他请的是我。那一晚，我和他一起唱了一首《草原之夜》，同时也没有想到的是，他唱得真是非常好听。

笔下犹能有花开

秋末冬初,天坛里那排白色的藤萝架,上边的叶子已经落得差不多了。想起春末,一架紫藤花盛开,在风中像翩翩飞舞的紫蝴蝶——还是季节厉害,很快就将人和花雕塑成另外一种模样。

没事的时候,我爱到这里来画画。这里人来人往,坐在藤萝架下,以静观动,能看到不同的人,想象着他们不同的性情和人生。我画画不入流,属于自娱自乐,拿的是一本旧杂志和一支破毛笔,倒也可以随心所欲、笔随意驰。

那天,我看到我的斜对面坐着一位老太太,个子很高,体量很壮,头戴一顶棒球帽,还是歪戴着,很俏皮的样子。她穿着一件男式西装,不大合身,有点儿肥大。我猜想那帽子肯定是孩子淘汰下来的,西装不是孩子的,就是她家老头儿穿剩下的。老人一般都会这样节省、将就。她身前放着一辆婴儿车,车的样式,得是几十年前的了,或许还是她初当奶奶或姥姥时推过的婴儿车呢。如今的婴儿车已经"废物利用",变成了她行走的拐杖。车上面放着一个水杯,还有一块厚厚的棉垫,大概是她在天坛里遛弯儿,如果累了,就拿它当坐垫吧。

老太太长得很精神,眉眼俊朗,我们相对藤萝架,只有几步距离,

彼此看得很清楚。我注意观察她，她也时不时地瞄我两眼。我不懂那目光里包含什么意思，是好奇，是不屑，还是不以为然？正是中午时分，太阳很暖，透过藤萝残存的叶子，斑斑点点洒落在老太太身上，老太太垂下脑袋，不知在想什么，也没准儿是打瞌睡呢。

我画完了老太太的一幅速写像，站起来走，路过她身边时，老太太抬起头问了我一句："刚才是不是在画我呢？"我像小孩爬上树偷摘枣吃，刚下得树来要走，看见树的主人站在树底下等着我那样，有些束手就擒的感觉。我很尴尬，赶紧坦白："是画您呢。"然后打开旧杂志递给她看，等待她的评判。她扫了一眼画，便把杂志还给我，没有说一句我画的她到底像还是不像，只说了句："我也会画画。"这话说得有点儿孩子气，有点儿不服气，特别像小时候体育课上跳高或跳远，我跳过去了或跳出来的那个高度或远度，另一个同学歪着脑袋说："我也能跳。"

我赶紧把那本旧杂志递给她，对她说："您给我画一个。"她接过杂志，又接过笔，说："我没文化，也没人教过我，我也不画你画的人，我就爱画花。"我指着杂志对她说："那您就给我画个花，就在这上面，随便画。"她拧开笔帽，对我说："我不会使这种毛笔，我都是拿铅笔画。"我说："没事的，您随便画就好！"

架不住我一再请求，老太太开始画了。她很快就画出一朵牡丹花，还有两片叶子。每个花瓣都画得很仔细，手一点儿不抖，我连连夸她："您画得真好！"她把杂志和笔还给我，说："好什么呀！不成样子了。以前，我和你一样，也爱到这里画画。我家就住在金鱼池，天天都到天坛来。"我说："您就够棒的了，都多大年纪了呀！"然后我问她有多大年纪了，她反问我："你猜。"我说："我看您没准八十岁。"她笑了，伸出手冲我比画："八十八啦！"

八十八岁了，还能画这么漂亮的花，真让人羡慕。我不知道我还

肖 复 兴
散 文 精 选

能不能活到老太太这岁数，能活到这岁数的人，身体是一方面原因，心情是另一方面原因。这么一把年纪了，心中未与年俱老，笔下犹能有花开，这样的老人并不多。

  那天下午，阳光特别暖。回家路上，总想起老太太和她画的那朵牡丹花，忍不住好几次翻开那本旧杂志来看，心里想：如果我活到老太太这岁数，也能画出这么漂亮的花来吗？

年轻时应该去远方

寒假的时候，儿子从美国发来一封 E-mail，告诉我利用这个假期，他要开车从他所在的北方出发到南方去，并画出了一共要穿越 11 个州的路线图。刚刚出发的第三天，他在得克萨斯州的首府奥斯汀打来电话，兴奋地对我说这里有写过《最后一片叶子》的作家欧·亨利博物馆，而在昨天经过孟菲斯城时，他参谒了摇滚歌星猫王的故居。

我羡慕他，也支持他，年轻时就应该去远方漂泊。漂泊，会让他见识到他没有见到过的东西，让他的人生半径像水一样蔓延得更宽更远。

我想起有一年初春的深夜，我独自一人在西柏林火车站等候换乘的火车，寂静的站台上只有寥落的几个候车的人，其中一个像是中国人，我走过去一问，果然是，他是来接人的。我们闲谈起来，知道了他是从天津大学毕业到这里学电子的留学生。他说了这样的一句话，虽然已经过去了十多年，我依然记忆犹新："我刚到柏林的时候，兜里只剩下了 10 美元。"就是怀揣着仅有的 10 美元，他也敢于出来闯荡，我猜想得到他为此所付出的代价，异国他乡，举目无亲，餐风宿露，漂泊是他的命运，也成了他的性格。

肖　复　兴
散 文 精 选

　　我也想起我自己，比儿子还要小的年纪，驱车北上，跑到了北大荒。自然吃了不少的苦，北大荒的"大烟炮儿"一刮，就先给了我一个下马威，天寒地冻，路远心迷，仿佛已经到了天外，漂泊的心如同断线的风筝，不知会飘落到哪里。但是，它让我见识到了那么多的痛苦与残酷的同时，也让我触摸到了那么多美好的乡情与故人，而这一切不仅谱就了我当初青春的谱线，也成了我今天难忘的回忆。

　　没错，年轻时心不安分，不知天高地厚，想入非非，把远方想象得那样好，才敢于外出漂泊。而漂泊不是旅游，肯定是要付出代价的，品尝人生的多一些滋味，也绝不是如同冬天坐在暖烘烘的星巴克里啜饮咖啡的一种味道。但是，也只有年轻时才有可能去漂泊。漂泊，需要勇气，也需要年轻的身体和想象力，便能收获只有在年轻时才能够拥有的收获，和以后你年老时的回忆。人的一生，如果真的有什么事情叫作无愧无悔的话，在我看来，就是你的童年有游戏的欢乐，你的青春有漂泊的经历，你的老年有难忘的回忆。

　　一辈子总是待在舒适的温室里，再是宝鼎香浮，锦衣玉食，也会弱不禁风，消化不良的；一辈子总是离不开家的一步之遥，再是严父慈母、也会目光短浅，膝软面薄的。青春时节，更不应该将自己的心锚一样过早地沉入窄小而琐碎的泥沼里，沉船一样跌倒在温柔之乡，在网络的虚拟中和在甜蜜蜜的小巢中，酿造自己龙须面一样细腻而细长的日子，消耗着自己的生命，让自己未老先衰变成一只蜗牛，只能够在雨后的瞬间从沉重的躯壳里探出头来，望一眼灰蒙蒙的天空，便以为天空只是那样的大，那样的脏兮兮。

　　青春，就应该像是春天里的蒲公英，即使力气单薄、个头又小、还没有能力长出飞天的翅膀，藉着风力也要吹向远方；哪怕是飘落在你所不知道的地方，也要去闯一闯未开垦的处女地。这样，你才会知道世界不再只是一扇好看的玻璃房，你才会看见眼前不再只是一堵堵

心的墙。你也才能够品味出，日子不再只是白日里没完没了的堵车、夜晚时没完没了的电视剧和家里不断升级的鸡吵鹅叫、单位里波澜不惊的明争暗斗。

尽人皆知的意大利探险家马可·波罗，17岁就曾经随其父亲和叔叔远行到小亚细亚，21岁独自一人漂泊整个中国。美国著名的航海家库克船长，21岁在北海的航程中第一次实现了他野心勃勃的漂泊梦。奥地利的音乐家舒伯特，20岁那年离开家乡，开始了他维也纳的贫寒的艺术漂泊。我国的徐霞客，22岁开始了他历尽艰险的漂泊，行万里路，读万卷书……当然，我还可以举出如今被称为"北漂一族"——那些生活在北京农村简陋住所的人们，也都是在年轻的时候开始了他们的最初漂泊。年轻，就是漂泊的资本，是漂泊的通行证，是漂泊的护身符。而漂泊，则是年轻的梦的张扬，是年轻的心的开放，是年轻的处女作的书写。那么，哪怕那漂泊是如同舒伯特的《冬之旅》一样，茫茫一片，天地悠悠，前无来路，后无归途，铺就着未曾料到的艰辛与磨难，也是值得去尝试一下的。

我想起泰戈尔在《新月集》里写过的诗句："只要他肯把他的船借给我，我就给它安装一百支桨，扬起五个或六个或七个布帆来。我决不把它驾驶到愚蠢的市场上去……我将带我的朋友阿细和我做伴。我们要快快乐乐地航行于仙人世界里的七个大海和十三条河道。我将在绝早的晨光里张帆航行。中午，你正在池塘洗澡的时候，我们将在一个陌生的国王的国土上了。"那么，就把自己放逐一次吧，就借来别人的船张帆出发吧，就别到愚蠢的市场去，而先去漂泊远航吧。只有年轻时去远方漂泊，才会拥有这样充满泰戈尔童话般的经历和收益，那不仅是他书写在心灵中的诗句，也是你镌刻在生命里的年轮。

永远的校园

我离开校园的时间已经很长了。我是1982年大学毕业，留校教了3年的书，而后自以为是要闯荡更广阔的生活，那样毅然离开校园的，算算至今已有14个年头了。在我52岁的人生中，我上了16年的学，当了大、中、小学的老师10年，一共26年，校园生活占去一半还要多一点。可见，校园刻印在我的生命里，而我却离开了它。我常想起校园，常责备自己当初那样的选择是不是对校园的一种背叛？

我是恢复高考制度后的第一批大学生。1978年的冬天，我到中央戏剧学院报到，是"二进宫"，因为在1966年时就考入了这所学院，"文革"爆发了，我和它阔别了12年，也和校园阔别了12年。当我重新回到校园时，已经31岁了，虽然有些苍老，但感觉还是那样年轻，这种感觉来自我自己，也来自校园。我总想起报到的那一年冬天，躺在宿舍的二层铺上睡不着觉时，听窗外白杨树被寒风吹得萧瑟的声音；我总想起第二年的春天，一眼望见校园里的藤萝架缀满紫嘟嘟的花瓣的情景。我第一次走进这所校园参加考试，就是先看见这一架紫嘟嘟花瓣的藤萝的，那时我才19岁。重现的旧景旧情，往往能使人产生幻想，以为自己和校园都依然像以往一样年轻。实际上，我和校园都已

经青春不再了。尤其是逝去的岁月并不是在校园里流淌，而是渗进荒芜的北大荒的黑土地上，校园里没有留下我的足迹，校园只给予我一个伤痛的符号。

那时候，我才真正地对校园产生一种珍惜之情。校园对于一个人的青春是何等的重要，是任何别的地方别的事物都无法取代、无可比拟的。如果说青春是一条河，那么，这条河流淌过的树木芬芳、草丛湿润的两岸，应该大部分属于校园。在我31岁青春只剩下个尾巴的时候，失去了校园12年之久，我才体味出校园对于一个人生命的意义。就像一位诗人曾经说过的：失去的才懂得珍惜，拥有的总不在乎。

记得刚刚入学的时候，无论在校园内还是在校园外，我总要把学院的那枚白底红字的学生校徽戴在胸前。其实，按照我的年龄应该戴老师的那种红徽章才是，戴这种白校徽和年龄不相符合，颇有些范进中举式的可笑。但我还是戴了好些日子，它让我产生对校园的亲切感，也让人知道我和校园是同在一起的自豪感。

如果问我这一辈子什么最让我留恋？那就是校园。离开校园之后，这种感情与日俱增。在以后的日子里，偶然之间，我也曾到过一些大学，或者说大学闯入了我的生活，更让我涌出一种故友重逢、他乡遇故知的感觉。其中最让我难忘的有两次，一次是在厦门大学，一次是在天津大学。

我的一个学生在厦门大学读书，她陪我参观了整个校园，鲁迅先生的雕像，陈嘉庚先生资助建造的体育场、教学楼、实验楼……到处是年轻学生青春洋溢的脸，到处是南方特有的高大葳蕤的树，到处是亚热带的奇异芬芳的花。青春时节像是一只鸟或是一粒种子，能够在这样的环境里飞翔或种植，该是多么美好和适得其所。

她带我推开礼堂的大门，偌大的礼堂空荡荡的、静悄悄的，只有台上亮着灯，几个老师和学生在布置着舞台，大概晚上有演出。这种

肖 复 兴
散 文 精 选

安谧的气氛、空旷的空间，以及几粒橘黄色的灯光童话般地闪烁，没有喧嚣、没有纷扰……只有门外蓝得像水洗了一般的高远浩渺的天空，还有那流动着的湿润、带着树木的清香，弥漫在身旁。这些，都是只在校园里才会拥有的境界。只有在这里，一切才变得如此清新，心情才得以超凡脱俗的净化。若能够在这里再读几年书，该是多么好啊！青春的血液该像是过滤透析一样，清水般的清澈。那一刻，时光倒流，我像又回到了学生时代。

那次我到天津人民广播电台录制我的一部长篇小说，那么巧，电台的朋友把我安排在天津大学校园住。我住进去时已是夜晚，四周被浓郁的树木包围着，林间有清脆的鸟鸣，不远处有明亮的灯光，间或能碰见几个正高谈阔论而迟归的学生，空气中没有那种在别处常有的煤烟味和烧菜的油烟味，只有弥漫着的淡淡的花香和潮湿的泥土的土腥味道。我知道这是只有校园才会喷发的气息，它让我感到熟悉，感到亲切，它和别处不一样，它有的只是这样的清淡和清新。

第二天清早，我漫步在校园的甬道上，一直走到主楼前的飞珠跳玉般的喷水池旁，我更体会到只有校园才会拥有的独一无二的氛围。看着那么多年轻的学生，或捧着书在读，或拿着饭盒急匆匆地在走，或抱着球风一样在跑，身影消失在操场上、饭厅里和绿荫蒙蒙的树丛里、晨雾里，我很羡慕他们。我想，如果能让我重返校园，无论是读书还是教书，我一定会比以前更珍惜、更认真。我当时真的这样想：还有什么地方能比得上校园更美好，更让人感动呢？也许是走过了一些别的地方，看到了一些不愿意见到的事物，才对校园别有一番情感？也许校园本身是相对纯净一些而让人产生一种世外桃源的错觉吧？同时，我也在想：青春真是一刹那，稍纵即逝。我眼前的这些可爱的学生一般只能在校园里待4年，即使读硕士、博士，也就7年或10年，他们很快就得离开校园，都要和我一样迅速被这个强悍的外部世界同

化而变老。那次,我在天津大学住了十多天,一直到把那部长篇小说录音完。十几个清晨和夜晚,我都在校园和学生在一起,便也和校园外的喧嚣隔绝了十几天,感受到久违的青春气息,虽然有些伤感和惆怅,但美好难再。后来,我把这部长篇小说的名字叫作《青春梦幻曲》。

去年,我的儿子被保送到北京大学,学校要家长直接递送保送的表格,我第一次走进这个校园。未名湖、三角地、五四运动场、新建的图书馆……我都是第一次见到,却让我感到是那样的熟悉,仿佛以前在哪里见过。我知道是校园才会让我涌出这种感觉和感情。绿树红楼、蓝天白云、微风荡漾的湖水、曲径通幽的甬道……还有那些虽不如街头纷至沓来的年轻人衣着时髦的学生,但一一让我感到是那样的亲切。我几次问路,学生们都是那样彬彬有礼,而且用他们青春的手臂指向前方的路。然后,他们消失在绿荫摇曳的前方,于是,便一下子绿意葱茏而飘荡起动人的绿雾。这种感觉是只有在校园里才会拥有的,虽然我知道只要走出校园,这种感觉便会像是惊飞的鸟一样荡然无存,但我仍然为这种瞬间的感觉而感动。想想儿子就要在这样美好的校园里读书,我心里漾起祝福,也隐隐有些嫉妒。同时也在想,他能够和我一样,在经过了沧桑之后对校园充满着珍惜之情吗?

记得去年一个星期天,儿子在学校复习功课,我去找他,特意带了相机。那所有一百多年历史的中学,也曾是我的母校。儿子就要离开它了,和中学时代告别。我希望给他留下几张照片作为纪念,也想和他一起同母校留影,留下校园的回忆。校园异常安静,百年历史的老钟还在,教学楼巍峨的身影依然,儿子像小鹿一样蹦蹦跳跳地跑下楼来,青春的气息和满园馥郁的月季芬芳一起在校园里洋溢。32年前,我和他一样大小,一样高中毕业,一样青春洋溢而所向空阔,一样想从这个中学的校园蹦到自己心目中理想的大学校园……但梦就是

肖复兴
散文精选

在这样的年龄破灭了。

　　我和儿子站在了教学楼前的校牌旁。32年了,校牌依旧,我和儿子一人站在它的一边,两代人的梦都在它的身旁实现。照片会留下岁月和历史,留下深情和记忆。即使我们都不在了,照片还在,校园还在,永远的校园会为我们作证。

书房梦

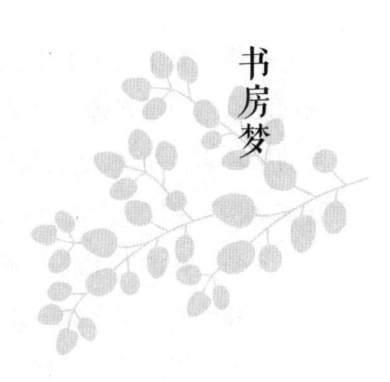

归有光写过一则短文，名字叫《杏花书屋记》。文章记述了他朋友父亲的一个梦："尝梦居一室，室旁杏花烂漫，诸子读书其间，声琅然出户外。"父亲将这个梦告诉儿子后，嘱咐道："他日当建一室，名之为杏花书屋，以志吾梦云。"

中国的读书人，谁都会有这样一个书屋之梦。坐拥书城，书房便不仅成为读书人被人认可的一个标志，也成为读书人对外拿得出手的或值得骄傲的一张名片。特别是在住房紧张，经济拮据的年代，书房更是很多读书人可望而不可即的一个梦。

具体到我自己，有这样一个梦，是我读初一的那一年。我的一个同学的父亲，是当时《北京日报》的总编辑。有一天，这位同学邀请我到他家去玩，我第一次见到了书房是什么样子，那一个紧挨一个的书柜里排列整齐的书籍，让我叹为观止。要是我也有这样一个书房该多好啊！梦在当时就这样不切实际地升腾……

当时，我连一个最简陋的书架都没有，我少得可怜的一些书，只好蜷缩在拥挤的家中墙角的一个只有区区两层的鞋架上。

没有书房，退而求其次，我的梦想是有一个书架也好。

肖　复　兴

散　文　精　选

　　我终于有了一个书架，是在那之后十四年的1974年，我从北大荒返回北京当中学老师。发了第一个月工资，便迫不及待地跑到前门大街的家具店，花了22块买回一个铁制书架。那时，我的工资一个月只有42块半。

　　起初，我的书还放不满书架。但是，没过两年，书就多得放不下了。一开始的书房之梦，如同冻蛇，僵而未死，蠢蠢欲动地复活了。

　　二十六年之后，我有了一间真正属于自己的比较宽敞的书房。两面墙摆满了当年同学家那样的书柜，书柜里也挤满了那样多花花绿绿的书。我也像当年同学父亲一样老了，在书房梦的颠簸中，青春一去不返。

　　短暂的兴奋，如绚丽的焰火，逝去后，忽然，我很是有些失落。

　　记得书放在鞋架子上的时候，那些书，翻来覆去，不知看过多少遍。

　　那个铁制书架上的书，我也都全部看过，不仅自己看，还推荐给朋友看。朋友来我家，最爱做的事情，就是到那个书架旁翻书，然后抽出一本，朗读一段，和我探讨，或者争论。那时候，书中仿佛真的会有黄金屋和颜如玉一般，令我们痴迷。

　　如今，书柜里的书拥挤不堪，已经扔掉很多，很多书自从买回，就没有看过，如今，我很少到书房。读书，写东西，都是躺在卧室的床上。

　　如今，朋友来，更很少到书房，我出的书，送给他们，他们都懒得看，哪里还有兴趣和热情去看不相识的别人的书？兴趣和热情，都放在手机上，除非我的文章被放在手机上，他们才兴致勃勃地扫几眼，然后，水过地皮湿，把它删掉，移情别恋，去读新的电子文章。

　　如今，书房沦落到只是一个摆设，一种虚饰。

　　归有光在那篇文章中，记述他的那个朋友后来在父亲逝去数年之

后，遵照父亲的意愿，"于园中构屋五楹，贮书万卷，以公所命名，揭之楣间，周环艺以花果竹木。方春时，杏花粲发，恍如公昔年梦中矣"。古时，一楹是一间屋子，按照北京老四合院的规矩，一般是建有正房三间，已经足够宽敞了。五间屋的书房，足以放下他的万卷书。而这万卷书的命运，我猜想，尽管古人崇尚行万里路，读万卷书，但恐怕和我的书房里的那些书的命运一样，是不会被读完的，甚至有的连翻都不曾被翻过。

我想起早年前看过中国青年艺术剧院演出的一部话剧，是田汉先生的《丽人行》。剧中那个资本家的家里也放有一个书架，他的太太以前爱读书，书架放满了鲁迅的书，几年过后，书架上的书一本也没有了，放满了她各种各样的高跟鞋。

向往奥运

2001年7月13日,对于中国,对于北京,真是个难忘的日子。前两天,就有记者问我,如果这一天在莫斯科的投票我们胜出了,终于获得了2008年奥运会的主办权,你的心情会怎样?我说我当然会很高兴,很激动。今天好梦成真,我真的很高兴,很激动。其中的原因,除了我和大家的共同情感之外,还有一点,就是我当过整整十年的体育记者,我曾经采访过1992年巴塞罗那奥运会,和体育,和奥运会有着一份特殊的感情。我亲身体味到,一个国家,一座城市,能够举办一次奥运会,该是一件多么了不起的事情。

我很难忘记巴塞罗那奥运会结束的那一天的夜晚,走出蒙椎克体育场,沿蜿蜒山路下山,来到蒙椎克山脚那巨大的喷水池旁,看水花四溅,飞扬起冲天的水柱,在夜灯映照中流光溢彩。我猛然听到随水柱飞扬起奥运会嘹亮的会歌旋律,真是感动不已,忽然觉得那一瞬间旋律如水般清澈圣洁,沁透心脾。我知道那是只有体育才迸发的旋律,是体育才具有的魅力,是体育才能给予我的情感。我发现几乎所有的人都和我一样,在那飞迸的泉水和旋律面前停住了脚步,禁不住抬起头来望着那透明的水柱和星光灿烂的夜空。我的心中产生一种从来没

有过的感觉：一个国家、一座城市能够举办一次奥运会，会使得这个国家、这座城市和这里的人民变得多么美好。那一刻你就会明白，体育不仅仅是体育，它以自身特殊的魅力影响着一切。

人们常说竞技体育是一种艺术。竞技体育，确实含有艺术的成分，比如它的力与美，速度和造型。体育和艺术表演的最大区别之一，在于体育比赛的紧张、激烈。当然，艺术也有比赛，比如歌咏比赛、舞蹈比赛、钢琴比赛，但艺术的比赛是无法同体育比赛等量齐观的，只有体育比赛的锱铢必较，在零点零几秒和零点零几厘米中决胜负，才具有难得的公正性、公开性、公平性和客观性。竞技体育是面对世界所存在的种种强权、种族歧视和金钱掩盖下的不公平的一种抗争，一种理想。

能够置身奥运会中，能够亲自采访奥运会，确实是一种难忘而美好的经历。在电视里看到萨马兰奇宣布2008年奥运会的举办城市是北京的时候，心底里蓦地涌出一种渴望能够有机会采访我们自己的国家举办的奥运会，那将是一次更加难忘而美好的经历。从巴塞罗那回来，我写了一本小书《巴塞罗那之夏》。在熟悉的北京采访自己举办的奥运会，我想会带给我不一样的激情和灵感，写出一点新的东西。我突然涌出这样强烈的渴望，这是很少出现过的。

这时，我想起了曾经采访过的瓦尔德内尔和刘国梁，邓亚萍和玄静和，李宁和李小双，高敏和伏明霞，栾菊杰和肖爱华，还有我国男子花剑三剑客叶冲、董兆致、王海滨，当然，还有我们的女足和女垒的姑娘们，还有布勃卡、德弗斯、刘易斯、埃文斯、索托马约尔、奥帝、基普凯特、莫塞利……我怀念采访他们的那些日子，他们让我感到了青春，感到了力量，感到了友谊，感到了和平。我知道2008年北京奥运会到来的时候，他们和我一样都老了，但我仍然渴望着在采访新一代年轻的运动员的同时和他们相逢。我们会一起看到青春的循环

肖　复　兴
散　文　精　选

连接着奥运的五环，让这个已经越发苍老的地球迸发着勃勃的朝气。在那一刻，体育所迸发的奥林匹克精神，确实在超越着不同的国家、不同的民族、不同的肤色而连接着世界的和平、友谊、进步和发展。

　　记得很清楚，在巴塞罗那奥运会结束的第二天上午，我特意又上了一趟蒙椎克山，专门去看看体育场，看看曾经举行奥运会开幕式、闭幕式和许多次比赛的体育场。除了正在拆除看台上为奥运会搭设的一些脚手架的工人之外，空荡荡的只有我一个游人和热辣辣的阳光以及一片绿草坪。那时，我们正在积极申请举办2000年奥运会，站在那里我就在想，快了，快到我们国家也能够承办这样一次美好奥运会的时候。

　　这一天终于来到了。

小溪巴赫

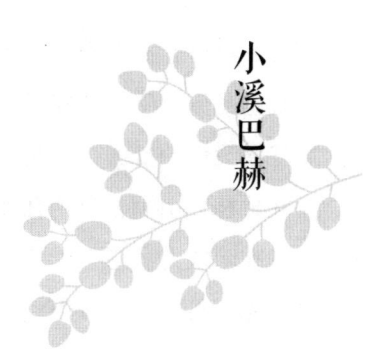

科学家爱因斯坦曾经说过:"对于巴赫,只有聆听、演奏、热爱、尊敬,并且不说一句话。"巴赫确实太伟大了,太浩瀚了。他的音乐影响了300年来人们的艺术世界,也影响了人们的精神世界,无以言说,难以描述。

巴赫(Bach),德文的意思是指小小溪水,涓涓细流却永不停止。似乎这个德文的原意一下子解读开巴赫的一切,让我豁然开朗。

真正有价值的音乐,即使看来再弱小,只是潺潺的小溪,是不仅埋没不了的,而且不会因时间久远而苍老,相反却能常青常绿。

小溪,涓涓细流,就那样流着、流着,流淌了三百年,还在流着,这条小溪的生命力该有多么的旺盛。在我们没有发现它的时候,其实它就是这样永不停止地流着,只不过那时被树荫掩映,被杂草遮挡,被乱石覆盖,或在那高高的山顶,我们暂时看不见它罢了。

大河可能会有一时的澎湃,浪涛卷起千堆雪。但大河也会有一时的冰封、断流,乃至干涸。小溪不会,小溪永远只是清清地、浅浅地流着,永远不会因为季节和外界的原因而冰封、断流、干涸。我们看不见它,并不是它不存在,而是因为,我们眼睛的问题:近视、远视、

肖复兴

散文精选

弱视、色盲、白内障、瞎子，或只是俯视浪涛汹涌的大河，或只是愿意眺望飞流三千尺的瀑布，而根本没有注意到小溪的存在罢了。而小溪就在我们的身旁，很可能就在我们的脚下。它穿过碎石、草丛，隐没在丛林、山涧，行走在无人能到达，连鸟都飞不到的地方。

在险峻的悬崖上，它照样流淌；在偏僻的角落里，它照样流淌；在阳光、月光的照耀下，它照样流淌；在风霜雨雪的袭击下，它照样流淌……小溪的水流量不会恣肆狂放，激情万丈得让人震撼，但它让人感动是持久的，不会一曝十寒，不会繁枝容易纷纷落，不会无边落木萧萧下，而总是一如既往地水珠细小却清静地往前流淌着。它拥有着巴洛克特有的稳定、匀称、安详、恬静、圣洁和旷日持久的美。它的美不在于体积而在于它渗透进永恒的心灵和岁月里，就像刻进树木内心的年轮里。它不是一杯烈酒，让你吞下去立刻就烟花般怒放、烈火般燃烧；它只是你的眼泪，在你最需要的时候，珍珠项链般地挂在你的脖颈上，或悄悄地湿润着你的心房。

这才是小溪的性格和品格。

这才是巴赫的性格和品格。

有人说巴赫伟大，称巴赫为"音乐之父"，说在巴赫以后出现的伟大音乐家中，几乎没有一个没受过他的滋养。贝多芬、舒曼、里姆斯基·科萨科夫、雷格尔、勋伯格、肖斯塔科维奇……

伟大不见得都是巍巍乎、昂昂乎，如庙堂之器哉。伟大可以是高山，是江河，但伟大也同样可以是溪水。巴赫就是这样清澈的小溪。

水，当世事沧桑，春秋代序，高山夷为平地，江河顿失滔滔，大河更改河道，小溪却一如既往，依然涓涓在流，清清在流，静静在流。这就够了，这就是小溪的伟大之处。

听巴赫的音乐，你的眼前永远流淌着这样静谧安详、清澈见底的小溪水。

在宁静如水的夜晚，巴赫的音乐（那些弥撒曲和管风琴曲），是孔雀石一样蓝色夜空下的尖顶教堂正沐浴着皎洁的月光。教堂旁不远的地方流淌着这样的小溪水，九曲回肠，长袖舒卷，蜿蜒地流着，流向夜的深处，溪水上面跳跃着教堂寂静而瘦长的影子，跳跃着月光银色的光点……

在阳光灿烂的日子，巴赫的音乐（那些康塔塔和圣母赞歌），是无边的原野，青草茂盛，野花芬芳，暖暖的地气在氤氲地袅袅上升，一群云一样飘逸的白羊，连接着遥远的地平线。从朦朦胧胧的地平线那里，流来了这样一弯清澈的小溪，溪水上面浮光跃金，却带来亲切的问候和梦一样轻轻的呼唤……

1996 年 12 月于北京

晚年的雷诺阿

放翁晚景颇惨。"医不可招惟忍病,书犹能读足忘穷",面对疾病和贫穷,他以笔写心,聊以用读书和写作维持着清贫的自尊。

82岁在一首题为《家风》的诗中,放翁写过这样一联:"四海交情残梦里,一生心事断编中。"他把"交情"和"心事"作为自己的家风来对待,所以他才有绝笔《示儿》那样撼人心魄之作。只是,看《剑南诗稿》末几卷,这样的诗,所占比例并不多,多的是他面对暮年贫病交加的生活和苍凉孤寂的心境的抒怀与遣兴。他并非有那样多铁马冰河的激昂,也少有我们想象和误读中老愤青的激愤,更多的是平常之心,以及用这种平常之心感受生活日常情景、风情与心情,平常得就像一位我们邻家爱喝点儿小酒的老头儿。

虽然自称"已开九秩是陈人",年迈体衰,"出寻还得杖青藜",但他还是很有几分得意地说:"九十衰翁心尚孩,幅巾随处一悠哉,偶扶拄杖登山去,却唤孤舟过渡来。"他依然兴趣盎然不断地杖藜外出(他还不断地为他的各种杖藜写诗呢)。他说:"团团箬笠偏宜雨,策策芒鞋不怕泥。"他说:"寻僧竹院逢茶熟,引鹤溪桥及雪残。"前者看得出他的性格和心态,后者看得出他的情致与心境。他还有一句

诗:"买进烟波不用钱",则看得出他那时对外出接触世风民情与大自然的理解与认知,和我们如今豪华的夕阳红旅游大相径庭。

所以,他从司空见惯中看出"山从树外参差出,水自城阴曲折来",看出其中我们容易忽略不计的迂回有致的曲线;他从屡见不鲜里看到"片月又生红蓼岸,孤舟常占白鸥波",看到其中我们常常视而不见的斑斓色彩。同时,在外出的时候,他并非纯文人式的风花雪月,而是躬身看到农事稼穑,体味到乡间情味:"蚕房已裹清明种,茶户新收谷雨芽""邻父筑场收早稼,溪姑负笼卖新茶"。还有一句诗我特别喜欢:"茶煎小鼎初翻浪,灯映寒窗自结花",尤其是后半联,一个八十多岁的老人了,外出那么劳累,居然观察得那样细腻入微,存有如此年轻的心性,让摇曳在寒窗上的烛光绽放出属于他自己的花来。

如果在家,"羹煮野菜元足味,屋茨生草亦安居",看来他安贫气全,知足常乐,没有换一处大房子的心思,更没有非要住别墅的欲望。如此家门口日复一日平淡单调的生活,他却能够捕捉到生趣和意趣来,这实在是本事。有一首诗他这样写道:"小担过门尝冷粉,微风解箨看新篁;旁篱邻妇收鱼钩,叩门村医送药方。"偶然过门的小贩卖的凉粉,微风之中钻出土的新竹,邻居女人收起了钓鱼的鱼钩,村里的赤脚医生送来了治病的药方,这些不起眼琐碎的生活,被放翁一一入诗,让人感到平易中的温馨,还看得到放翁自己并非随年龄一起老得心如枯井,而是那样年轻湿润。

我想,如果我活到放翁那样的年纪,能够像他一样吗?我不敢肯定,心里底气不足。看到他有一句诗:"敲门赊酒常酣醉,举网无鱼亦浩歌",我找到了和他的差别,我不能做到"举网无鱼亦浩歌",我更看重的是网里得有鱼,且是大鱼,起码是古老故事《渔夫和金鱼》里的那个老渔夫,怎么也得打上一条金鱼来,便不会做他那样的无用

肖复兴
散文精选

功,傻了吧唧地吼着嗓子去唱歌。

在家里,除生性耽酒,他还有乐趣无穷的事要做,便是读书和写诗,那才真的是把读书和写作当成了自己生活和生命的一部分,而从来没有见他考虑过码洋、印数、转载、评论或获奖。"挂墙多汉刻,插架半唐诗""浅倾家酿酒,细读手抄书""古纸硬黄临晋帖,矮笺匀碧录唐诗""细考虫鱼笺尔雅,广收草木续离骚"……在暮年放翁诗作中,这样的诗,比比皆是。书不再是安身立命的功名之事,而是一种惯性的生活和心情的轨迹,就像蛇走泥留迹,蜂过花留蜜一样,自然而然,甚至是天然一般。他不止一次这样写道:"引睡书横犹在架""体倦尚凭书引睡",能够想象着那时的放翁,一定是看着看着书,眼皮一搭,书掉在地上,书成了他的安眠药和贴身知己。

读暮年放翁,总想起钱锺书先生的论述。钱先生说其特点有两方面,一方面,钱先生称其为"忠愤";另一方面,钱先生特别强调:"咀嚼出日常生活的深永的滋味",并说"陆游全靠这第二方面去打动后世好几百年的读者"。真的信服钱先生这样的判断,这在暮年放翁的诗作里体现得尤为明显。

读暮年放翁,还让我忍不住想起晚年时的雷诺阿。作为画家的雷诺阿,也许是作为诗人的放翁在几世纪过后的一个拷贝、镜像或回声,或者说,是放翁诗作的一个富有画面感的形象的描摹。

去年的夏天,美国费城专门举办了一个叫作"晚年雷诺阿"的画展,从全世界的美术馆里收集到了雷诺阿晚年几乎所有的作品。我特意赶去看,发现晚年的雷诺阿已经半身不遂,坐在轮椅上,把画笔绑在手臂上,画出的画面,大多是女人的身影和裸体,那里的女人无一不是肥硕的、健康的、美丽的;无一不是像小孩子一样天真的、清纯的、活泼的。特别是画展的最后一幅画,题目叫作《音乐会》,音乐会在画面之外,雷诺阿画了两个肥硕的女人正在穿衣打扮,准备去听

音乐会，那两个女人占天占地，占满整幅画框，满怀的喜悦之情几乎要把画框冲破。那种对日常平易而琐碎生活的热爱和憧憬，晚年的雷诺阿和暮年的放翁是多么的相似。或许，纯粹的艺术家和诗人的心是相通的，越是艰难的生计和不如意的生活，越是老迈的病身和苍凉的心态，越是让他们在自己的作品中彰显他们敏感而张扬的心。

看画展的时候，看到满满几个展厅里雷诺阿晚年的画作，想一个老迈残病之躯创作力那么旺盛。回国之后，我翻开《剑南诗稿》，看看放翁的暮年写了多少诗稿。雷诺阿活了 78 岁，放翁活了 86 岁，是那一年腊月二十九去世了，第二天就是年三十了。在他 86 岁这整整一年时光里，我数了一下，写了长短不一的诗 481 首。他的活力和雷诺阿真的很像，几乎每一天都在写诗，而且有时不止一首。

82 岁时，放翁写过一组《戏遣老怀》，一共 5 首，他特意写到已是"年垂九十时"。看过这一组诗，我更觉得放翁和雷诺阿心的相似。其中有这样两联："狂放泥酒都忘老，厚价收书不似贫""花前骑竹强名马，阶下埋盆便作池"，看放翁高价买到一本喜欢的旧书就忘记了贫穷的那种天真的喜悦；特别是后一联，鲜花前骑了根竹子，就把竹子当成了名马；台阶下埋了个盆儿，就把盆儿当成了水池，这是一种什么心境和心情，哪里像是一个快九十岁的老人，整个就是一个孩子啊。返老还童，是和雷诺阿把女人都画成肥硕的、画成孩子一样的童心，一样的赤子之心呀。

我不知道我能够活到多大年纪，即使活不到放翁和雷诺阿那样的年纪，也要向往那样的心情和心境。其实，那是一种遥远的境界。

2011 年 3 月 2 日写于北京

寻找贝多芬

有一段时间，我突然不喜欢贝多芬。我觉得世上将贝多芬那"命运的敲门声"过分夸张，几乎无所不在，现代轻音乐队也可以肆意演奏他的《命运》。强烈的打击乐莫非也能发出"命运的敲门声"吗？贝多芬虽非指明路灯那样的思想家，也不能通俗得如同敲打不停的爵士鼓。

有一段时间，我如这些浅薄的人一样，对贝多芬所知甚少。其实，他所拥有的，不只是《命运》和《英雄》。

一个闷热无雨的夏夜，我忽然听到美国著名小提琴家雅沙·海菲兹演奏的小提琴。那乐曲荡气回肠，一下子把我带入另一番神清气爽的境界，让我深深感受到天是那样蓝，海是那样纯，周围的夜是那样的明亮、深邃、清凉一片儿沁人心脾……

后来，我知道，这是贝多芬的乐曲《D大调小提琴协奏曲》。

贝多芬原来也还有这样近乎缠绵而美妙动听的旋律。我还知道：正是创作这支协奏曲的那一年，贝多芬与匈牙利的伯爵小姐苔莱丝·博朗斯威克订了婚。他将他的爱情心曲融进了七彩音符中。

贝多芬不是完人，却是一位巨人，当我更多地接触了一些他的音

乐作品,才深感自己面对一座高山一片森林,原来却一石一叶而障目,自己远远没有接近这座山这片林。贝多芬并不是夏日流行的西红柿和冬天储存的大白菜。他不能处处时时为你敲门,也不会恋人般无所不在的等候与你相逢。他需要寻找,用心碰他的心。

春天,我从海涅故乡杜塞尔多夫出发,到科隆,然后来到波恩,我是专门来寻找贝多芬的。那一天到达波恩已是黄昏,天正下着蒙蒙细雨,沾衣欲湿,丝丝缕缕。踏上通往波恩小巷的碎石小道,我心里很为曾经对贝多芬的亵渎而惭愧。对一个人的了解是世上最难的事,对音乐的认识,我真还只是识简谱阶段。此行,算是我对贝多芬真诚的歉疚。

不管别人如何理解贝多芬,我心中的贝多芬的外表,绝不像街头批量生产的那种贝多芬石膏头像。我懂得,他所经历的痛苦远远比我们一般人多得多,但他绝不仅仅是一个天天咬着嘴角、皱着眉头、忧郁而愤恨的人。正因为他对痛苦的经历与认识比我们多,对爱与欢乐渴望的意义才比我们更为深刻,更为刻骨铭心而一往情深。他不是那种描绘性的作曲家,而是用自己的情感、自己的心和灵魂进行创作的音乐家。我想,正因为这样,在他创作的最后一部《第九交响曲》中,既有庄严的第一乐章的快板,也有如歌的第三乐章的慢板,更有第四乐章那浑然一体高亢而又深情的《欢乐颂》。听这样的音乐实在是灵魂的颤动,是心与心的碰撞,是情感世界的宣泄,是人与宇宙融为一体的升华。

小巷不长,很快便到了一座并不高的小楼前。可惜,我来晚了,早过了参观时间,贝多芬故居的门已经紧闭。无法亲眼看看贝多芬儿时睡过的床、弹过的琴,和他那些珍贵的手稿。我只有默默地仰望着二楼那扇小窗,幻想着这一刻,贝多芬能够从中探出头来,向我挥挥手,或者从那窗内飘出一缕琴声,伴随着他那一阵阵咳嗽声……

肖　复　兴
散　文　精　选

在德国波恩市政大厅前宽敞的广场上，我看见了贝多芬。他穿着破旧的大衣，手搭在胸前，双眼严峻却不失热情地望着我。那是屹立在那里的一座贝多芬雕像。在这里，即使没有雕像，贝多芬的影子也会处处闪现，他的音乐日夜不息地流淌在波恩小巷乃至整座城市上空，然后顺着莱茵河一直飘向远方。

广场旁传来一阵六弦琴声，那是在一个商店的屋檐下，一位流浪歌手正在演奏。在杜塞尔多夫，在科隆，我都曾经见过他。他似乎只管耕耘不问收获，每次不管听众有几个，也不管有没有人往他甩在地上的草帽里扔马克，他一样激情而忘我地演唱或演奏。这一天，同样没有几个人在听，他同样认真而情深意长地弹着他的六弦琴。

我听出来了，那是贝多芬的《致爱丽丝》。

孤独的普希金

来上海许多次，没有去岳阳路看过一次普希金的铜像。忙或懒，都是托词，只能说对普希金缺乏虔诚。似乎对比南京路、淮海路，这里可去可不去。这次来上海，住在复兴中路，与岳阳路只一步之遥。推窗望去，普希金的铜像尽收眼底。大概是缘分，非让我在这个美好而难忘的季节与普希金相逢，心中便涌出许多普希金明丽的诗句，春水一般荡漾。

其实，大多上海人对他冷漠得很，匆匆忙忙从他身旁川流不息地上班、下班，看都不看他一眼，好像他不过是没有生命的雕像，身旁的水泥电杆一样。提起他来，绝不会有决斗的刺激，甚至说不出他哪怕一句短短的诗。

普希金离人们太遥远了。于是，人们绕过他，到前面不远的静安寺买时髦的衣装，到旁边的教育会堂舞厅跳舞，到身后的水果摊、酒吧间捧几只时令水果或高脚酒杯。

当晚，我和朋友去拜谒普希金。天气很好，4月底的上海不冷不燥，夜风吹送着温馨。铜像四周竟然杳无一人，散步的、谈情说爱的，都不愿到这里来。月光如水，清冷地洒在普希金的头顶。由于石砌的

肖复兴

散文精选

底座过高，普希金的头像显得有些小而看不清楚。我想更不会有痴情又耐心的人抬酸了脖颈，如我们一样仰视普希金那一双忧郁的眼睛了。

教育会堂舞厅中正音乐四起，爵士鼓、打击乐响得惊心动魄。红男绿女出出进进，缠绵得像糖稀软成一团，偏偏没有人向普希金瞥一眼。

我很替普希金难过。我想起曾经去过的莫斯科阿尔巴特街的普希金故居。在普希金广场的普希金铜像旁，即便是飘飞着雪花或细雨的日子里，那里也会有人凭吊。那一年我去时正淅淅沥沥下着霏霏雨丝，故居前，铜像下，依然摆满鲜花，花朵上沾满雨珠宛若凄清的泪水，甚至有人在悄悄背诵着普希金的诗句，那诗句便也如同沾上雨珠无比温馨湿润，让人沉浸在一种远比现实美好的诗的意境之中。

而这一个夜晚，没有雨丝、没有鲜花，普希金铜像下，只有我和朋友两人。普希金只属于我们。

第二天白天，我特意注意这里，除了几位老人打拳，几个小孩玩耍，没有人注意普希金。铜像孤零零地站在格外灿烂的阳光下。

朋友告诉我：这尊塑像已是第三次塑造了。第一尊毁于日本侵略者的战火中，第二尊毁于我们自己的手中。莫斯科的普希金青铜像屹立在那里半个多世纪安然无恙，我们的普希金铜像却在短时间之内连遭两次劫难。

在普希金铜像附近住着一位现今仍在世的老翻译家，一辈子专事翻译普希金、莱蒙托夫的诗作。在"文革"中目睹普希金的铜像是如何被红卫兵用绳子拉倒，内心的震动不亚于一场地震。曾有人劝他搬家，避免触目伤怀，老人却一直坚持住在普希金的身旁，相看两不厌，度过他的残烛晚年。

老翻译家或许能给这尊孤独的普希金些许安慰？许多人淡忘了许多往事，忘记当初是如何用自己的手将美好的事物毁坏掉，当然便不

会珍惜美好的失而复得。年轻人早把那些悲惨的历史当成金庸或琼瑶的故事书，怎么会涌动老翻译家那般刻骨铭心的思绪？据说残酷的沙皇读了普希金的诗还曾讲过这样的话："谢谢普希金，为了他的诗感发善良的感情！"而我们却不容忍普希金，不是把他推倒，便是把他孤零零地抛在寂寞的街头。

有几人能如老翻译家那样理解普希金呢？过去只成了一页轻轻揭去的日历，眼前难以抵挡春日的诱惑，谁还愿意在凛冽风雪中去洗涤自己的灵魂呢？

离开上海的那天上午，我邀上朋友再一次来到普希金的铜像旁。阳光很好，碎金子一般缀满普希金的脸庞。真好，这一次普希金不再孤独，身旁的石凳上正坐着一个外乡人。我为遇到知音而兴奋，跑过去一看，失望透顶。他手中拿着一个微型计算机正在算账，孜孜砣砣，很投入。大概是在大上海的疯狂采购有些入不敷出，他的额头渗出细细的汗珠。我们又来到普希金像的正面，心一下子被猫咬一般难受。石座底部刻有"普希金（1799~1837）"字样中，偏偏"金"字被黄粉笔涂满。莫非只识得普希金中的"金"字吗？

我们静静地坐在普希金旁的石凳上，什么话也说不出来。阳光和微风在无声流泻。我们望着普希金，普希金也望着我们。